U0024434

我抓鬼的日子

之2 校園魅影

君子無醉——著

我抓鬼的日子

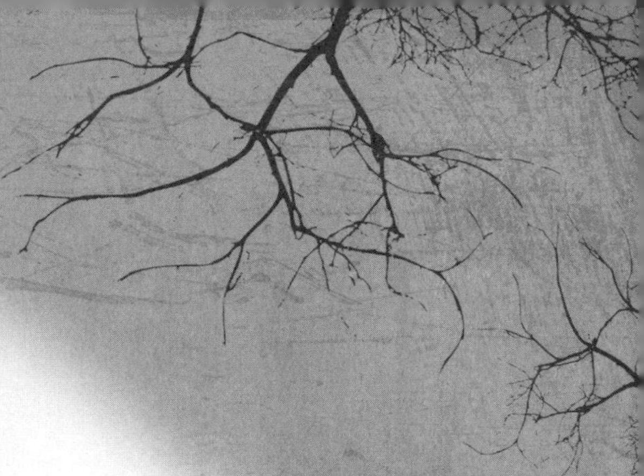

目錄

第十六章

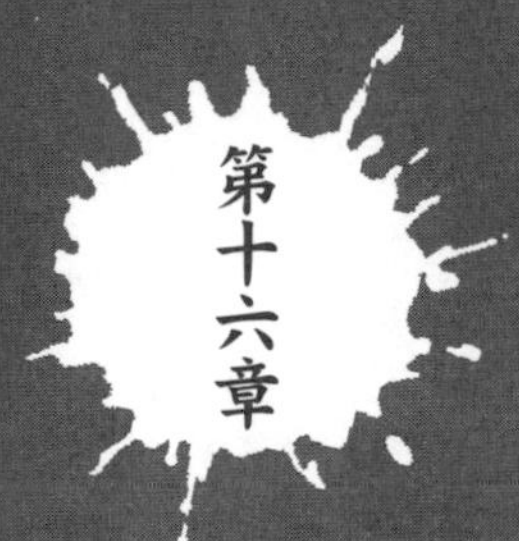

英雄是被逼出來的

這個世界上，絕對沒有任何人與生俱來就是無所畏懼的，
英雄都是被逼出來的。
俗話說狗急跳牆，兔子急了也會咬人，就是這個道理。
我被逼到這個份上，也就由不得我退縮了。

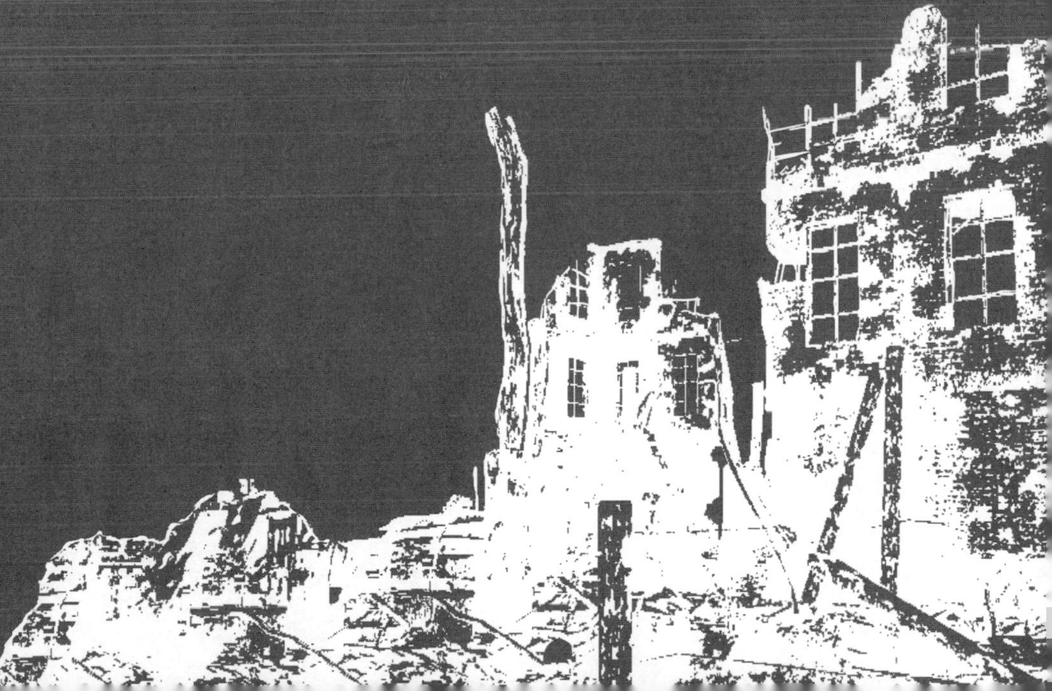

四周一片漆黑，我的耳中除了能聽到二子和林士學一邊跑一邊鬼叫之外，就是身邊無處不在的簌簌沙沙的聲音。

我知道，那些鬼臉蜈蚣此時已經開始在打量我，在籌畫著怎麼吃我了。牠們應該會為我的出現感到歡呼雀躍，因為，牠們可能已經很久、很久、很久都沒有吃過東西了。

牠們開始行動了。這時候，我麻木的身體有了一點兒知覺，我迅速地扭動一下手臂，手裏的尺向身體四周一劃，接著轉身找準大概方向，抬腳沒命地飛奔起來。

我跑動的時候，腳下傳來「啪啪啪」的聲響，我知道有很多鬼臉蜈蚣被我踩到了，身體炸裂了。

好在這些鬼臉蜈蚣經過了很長時間的休眠，現在剛剛蘇醒過來，行動還不是很迅速，雖然我踩到了牠們，但是牠們卻沒有咬到我。

摸黑跑了沒幾步，我忽然全身向前一撲，滿頭滿臉地撞到一塊石頭上，整個人被絆得凌空飛起，翻身摔到了地上。

從地上爬起來，我覺得臉頰上火辣辣的，知道臉又被蹭破了。先前我的身上被那個羊頭怪人打得遍體鱗傷，不過，很奇怪，我身體的恢復能力非常強悍，這麼一路向古墓走來的過程中，我身上的傷口就已經基本癒合了。

我這才想起墓室的正中央有一個高背長條石椅，我應該是撞到了石椅上。慌亂之中，我忘記了墓室裏的佈置，只好自認倒楣，爬起來繼續向前跑。

但是，我跑了沒幾步，又聽到前面傳來「撲通——」一聲悶響，接著，二子的粗話傳來。

「我操，表哥，你不是吧，怎麼又出狀況了？現在可怎麼辦啊？」

我緊跑兩步，看到了墓道裏有光亮，這才看到林士學又趴到地上昏倒了。二子把身上能燒的碎布破紙扔在旁邊，用火柴點亮了，有些煩躁地把林士學半拖起來，不停拍打他的腮幫子，呼喊他。林士學閉著眼睛，一動不動，完全昏死過去了。

「我操，真他娘的見鬼！」二子咬牙罵了一聲，猶豫了一下，把林士學反背在背上，準備往外走。

「你要帶他到哪裡去？」我跟在二子的背後問道。

「嘿，小師父，你真神了啊，居然跑出來了，那些鬼東西沒有咬你啊？」二子回頭看到我，有些意外地訕笑道。

我心裏很鬱悶，暗想原來他們以為我被那些鬼臉蜈蚣分屍了，所以才跑這麼快，他們壓根兒就沒打算救我啊。

「你很希望牠們咬我嗎？」我眯眼看著二子。

二子連忙滿臉尷尬道：「呵呵，那哪兒能啊？小師父，這個古墓實在是太古怪啦。那個壞人應該不在這個古墓裏，不如我們一起出去吧，再待下去，要出人命啦。」

我沒有說話，心裏也知道他的話有道理，但是又覺得這樣一走了之不行，因為古墓後面還有很長一段墓道沒有走過。雖說這段墓道是我們剛剛開啟的，似乎之前一直封閉著，狐狸眼不可能進去，但是，也不排除這段封閉的墓道還有其他入口，所以狐狸眼仍舊有可能待在那段墓道裏面。

而且，最讓我記掛的就是，林士學明確說過，那個女鬼給他托夢了，讓他去救她，那就說明，姥爺很有可能真的被狐狸眼帶進了古墓裏面，恐怕就是狐狸眼把那個女鬼控制住了。至於狐狸眼究竟想做什麼，我不太清楚，但是我敢肯定，他一定有著不可告人的目的。

我很擔心姥爺，絕不甘心這麼離開，於是就想辦法勸住二子。

「二子，你離開這裏可以，不過，你要把林叔叔留下來。」

「怎啦？」

「你知道他怎麼了麼？」我問二子，實際上是故意給他出難題。二子頭腦很簡單，對於陰陽之事更是知之甚少，他立刻就被問住了。

「怎了？小師父，你有話就直說吧，為什麼我不能把表哥帶出去？」二子把林士學放下來，問我道。

「他中了毒，你要是現在帶他出去，耽誤了時間，就算救活了，他下半輩子也只能是個植物人了。」

「啥？小師父，你別告訴我，你還會給人解毒啊。」二子有些不太相信我的話，這一路上雖然我帶給他的意外很多，但畢竟我只是一個小孩子，所以他對我層出不窮的神奇之技，有些不敢置信。

「這是被鬼臉蜈蚣咬的。」我走上前，捲起林士學的褲腿，露出他的腳脖子，上面已經腫了黑紫的一塊，「這種鬼臉蜈蚣的毒性一開始不是很強，但要是耽誤了時間，就徹底救不了了。姥爺以前和我講過鬼臉蜈蚣的事情，所以我記得這個毒的解法。」

「哎呀，小師父，既然你知道怎麼解毒，那你趕緊幫他解了吧。」二子掏出菸來點了一根。

「我給他解毒要有解藥才行。」我轉身看向背後的墓道，「你現在就放鬆還太早了，那些鬼臉蜈蚣餓了那麼久，好不容易有東西吃，打死都不會放過我們的。牠們剛醒過來，行動慢，等到反應過來之後，行動就會很快，到時候，我們就只有等死了。你看，牠們追上來了！」

我抬手一指墓道深處，果然，主墓室裏傳出了一陣「沙沙沙」密集又急促的令人頭皮發麻的爬動聲，然後就看到黑乎乎的墓道裏湧出一大片黑白相間的鬼臉，非常迅速地向我們的方向湧了過來。

「他娘的，還真追過來了，這速度比剛才快了不止一點啊！」

二子立刻一聲驚呼，拖起林士學就準備跑走。

「別跑，你不想他變成植物人的話，就趕緊把你身上的火藥都拿出來，把這些蜈蚣烤熟了，那些粉末就是最好的解藥！」我一把拉住二子，急忙對他說道。

「啊，我的火藥也沒有多少啊。這，這能行嗎？」二子一邊把腰帶上繫著的一個小布袋解下來，一邊著急地問我。

「能行，姥爺說了，鬼臉蜈蚣最怕的就是焦味，你把火藥從這邊一直撒到另外一邊的牆角，等牠們爬近了就點著，燒出一條線來，牠們就不敢衝過來了！」情急之下，我指揮著二子行動。

林士學很沉，我拖不動他，就把上衣脫下來，又把姥爺給我的木盒子也拿了下來，然後一起堆到地上。

「要有火，有火牠們就害怕！」

二子一看我的舉動，立刻明白了，趕緊也把外套脫了，一起堆了上來，然後把火藥按照我說的方法撒了開來。他還留出了一點火藥，沿著我們佈置出來的火堆撒了一個大圈，把我和林士學圍在裏面。

撒好火藥之後，二子點著煙，猛抽了幾口，咬牙看著那些湧過來的蜈蚣，神情很緊張。

「沒事的。」這個時候，我除了在心裏安慰自己之外，也只能隨口說些讓二子放鬆的話。

其實，我也不知道這樣做到底好不好使，但是，我們已經沒有退路了，為了救姥爺，我只能大膽地拼一次。如果失敗了，後果不堪設想。但是，我相信，只要我按照姥爺告訴過我的方法去做，應該沒有問題的。姥爺教給我的東西很多，從來都沒有錯過，這一次，我相信也同樣不會有錯。

這時，那些蜈蚣已經嘁嘁喳喳地爬到了火藥圈的周邊。

二子手裏的香菸彈了出去，又飛快地劃著了一根火柴扔上去。

香菸落下之後，沒能引燃火藥，火柴倒是正好落到火藥上，但是卻因為扔得太快，落下之後就熄滅了，也沒能把火藥點燃。

香菸頭和火柴連續兩下都沒能把火藥點燃，二子急得大叫起來。就在這一瞬間，已經有數條粗大的鬼臉蜈蚣爬過了火藥圈，並且抬起了前半身，喀喀地晃動著鐵鉗一般的口器，準備對我們發動攻擊了。

「我操，我操你媽！」二子看到那些蜈蚣，嚇得手都抖了，一邊大罵著，一邊哆嗦地拚命劃手裏的火柴盒，但是他越是著急，越是沒法劃著。

我也急得滿頭大汗，很想罵二子沒用，但是情況太過危急，根本沒有時間讓我去罵他。我橫下一條心，拿著手裏的尺，朝那些蜈蚣砸下去。

那些蜈蚣看到尺，竟然立刻停住了，一個個縮身盤桓在周邊，不敢前進了。這個情況，讓我和二子都是一愣。

「他們怕這個尺，小師父，你神，再堅持一下，我馬上就好！」

二子見危機解除了，激動地大笑了一聲，心情平復了一些，手上的動作穩當了，沒兩下就把火柴點著了。

二子等到火柴的焰頭燃燒得大了一點，這才扔了出去，落在火藥圈上。地上的火藥立刻「刺啦」一聲悶響，炸出一團火花，升起一大股濃濃的黑煙，燃燒起來。

「呼啦！」火藥燃燒之後，那些趴在火藥上和周圍的鬼臉蜈蚣立時被火焰燒得一陣抽搐，一瞬間變成了硬梆梆的蜈蚣乾。

這些蜈蚣被燒熟時，火藥的火焰也點燃了地上的衣服和木盒子，燃起了一堆火焰。空中瀰漫著青黑色的濃煙，很嗆人。

「咳咳咳，呸呸！」二子用手臂遮著鼻子，彎腰低頭向外看，想要看看情況怎麼樣了。

我也用袖子遮著鼻孔，瞇眼向外瞧著。空氣中瀰漫著濃重的火藥煙塵，那些蜈蚣不但被阻攔在圈子外面不敢向前進，而且還非常害怕煙氣，急速向後爬了回去，很快就消失在墓道裏，地上只剩下一圈被燒死的蜈蚣屍體。

那些燒死的蜈蚣，有的整個被燒熟了，有的則只燒了一部分，沒有被燒的部分還在地上爬動著，口器之中吐出了一灘灘黑色汁液。那汁液惡臭無比，氣味很快就蓋過了火藥味，墓道裏惡臭沖天。

我和二子皺著眉頭，拿手臂遮住鼻子，對望了一眼，總算放下了心。

「小師父，怎麼給表哥解毒？」二子捂著嘴問我。

「我來弄，你注意看著，別再讓什麼東西過來。」我走到圈子邊上，找了一條燒得熟透了的蜈蚣，放在地上用腳搓了搓，搓成一堆粉末，用手抓起一小撮，塞到林士學嘴裏，讓他咽了下去。

給林士學餵完蜈蚣粉之後，我又捏起一撮粉，吐了一口唾液，和成一團稀糊，給他敷在腿上的傷口上。

這麼外敷內用之後，我才鬆了口氣，疲憊地在地上坐下來，等著林士學醒過來。

二子點了一根菸，頂著臭氣，大口抽起來，一邊抽一邊皺著眉頭看我，問道：

「小師父，你今年到底幾歲了？怎麼我覺得你比大人還牛氣呢？」

我很無奈地瞥了二子一眼，心說要不是為了救姥爺，我才不會這麼難為自己硬撐著。這個世界上，絕對沒有任何人與生俱來就是無所畏懼的，英雄都是被逼出來的。俗話說狗急跳牆，兔子急了也會咬人，就是這個道理。我被逼到這個份上，也就由不得我退縮了。

何況，我感到自己的身體和以前有些不一樣了，但這種感覺沒法明確說出來，總之，有了一種自信、堅強的感覺，覺得自己什麼事情都可以做到，不但心理無比強大，身體也充滿了力量。不過，我實在想不出來為什麼會這樣。

這個時候，我仔細地回想起狐狸眼和姥爺見面之後的對話，大概也想明白了一些事情。

姥爺當年應該是個道行很高的門派大弟子，但是後來功力盡失，現在會的，只有一些陣法、符文、咒語了。因此，狐狸眼憑藉淺薄的道行，也敢公然和姥爺叫板，而且還把姥爺打倒了。

狐狸眼一方面是為了搶奪陰魂尺，據說這玩意兒是他們的鎮派之寶，另外一方面，我覺得似乎還有私仇的成分在裏面。他那個流派似乎和姥爺原本就不是很和睦，不然的話，同個門派的弟子，多年之後相見，應該是分外親切才對。

想通之後，我覺得姥爺的處境很危險，我一定要想辦法把他救回來，不然的話，我不知道自己要怎麼活下去，姥爺說過要教我一些法術的，可現在都還沒有正式教過呢。

「咳咳——」

我正想得入神，林士學醒了過來。他一如之前那樣，一驚一乍地跳起身大叫道：「快快，快快，那個壞人正在折磨她，他想要把她的陰元都吸掉，要毀她的修行，我們要趕快去救她，再晚就來不及了！」

我就知道，他昏迷的時候，女鬼又給他托夢，讓他去救她了。

「嘿，我說表哥，你自己泥菩薩過河，還想救別人啊，我看你就拉倒吧。別再吵吵了，這墓道再往前走，多危險啊。咱們還是三十六計，走為上計，你說好不好？」二子不屑地吐了口唾沫說道。

「不行，我，我這個東西還戴著呢，她要是出事了，我怎麼辦？」林士學緊張地捋起袖子說道。

「嘿，她要是出事了，修行沒了，不正好麼？說不定，到時候她就不能再給你戴這個手鐲了，你說是不是？小師父，咱們都回家吧。他娘的，愛怎地怎地吧，反正是和老子無關——」二子說著站起身，拍拍屁股就準備走人。

我連忙站起身，攔住了二子，對他說道：「我們還不能回去。」

「為啥？」二子叼著菸頭，疑惑地問我。

「我姥爺被那個狐狸眼抓了，我要救姥爺。」我抬眼看著二子，非常堅定地說道。

「嗨，小師父，你，這，這，我和你直說吧，你畢竟是小孩，就算你能夠找到那個壞蛋，你打得過他麼？其實很簡單，我們都回去，然後報警，把這個墓穴翻個底朝天，你看好不好？到時候，一大堆人把那個龜孫子往死角裏一圍，我看他娘的還往哪裡跑，你們說是不是？」二子自以為是地笑起來。

我沒有說話，只是抬眼看了看林士學。

林士學明白了我的意思，點點頭道：

「二子，你說得也對，但是，等到我們回去找人過來，這麼一來一去，至少要一天時間，這麼長時間，人家早就把該做的事情做完了。你覺得那個人還會傻乎乎留在那裏等著別人來抓他嗎？所以，現在我們唯一的辦法，就是繼續前進，找到那個壞人，阻止他的行動，救下小師父的姥爺！」

「嗨，我服了你們了，你們都是神人！」二子無奈地嘆了一口氣，點頭贊同。

見二子同意了，我們就準備再次出發。這次我們留了個心眼，用衣服和木棍做了個簡易火把。我一手拿著火把，一手拿著尺走在最前面，因為那些鬼臉蜈蚣害怕這把尺，所以，就用尺來開道。

林士學聽說鬼臉蜈蚣害怕焦味，就用破布包了一大包蜈蚣屍體和火藥，在我們身上擦了一遍。這樣一來，我們身上都有一股臭臭的焦味，就更加不怕那些蜈蚣了。

我和林士學滿心焦急地走路，沒有說話，二子心裏不樂意，一直嘀咕著什麼。我被他嘀咕得有些煩躁，就停下來，轉身豎眉問他：

「二子，你大名叫什麼？」

「沒大名，大名就叫張二子。」二子下意識地回答道。

我對他說道：「二子，做人要有志氣，要有野心，你長得五大三粗的，但是遇到了事情，窩窩囊囊的，我看著就不爽。這次我們進來，原本確實沒你什麼事情，但是，現在的情況是，我是個小孩子，沒有力氣，林叔叔身體很虛弱，也不怎麼會打架。我們三個人之中，唯一比較有力氣、會打架的就數你一個人了。等下如果遇到那個壞人，我只能取巧制勝，你才是真正可以和他對戰的人。」

「哦，小師父，你的意思是說，我就是個擋箭牌，衝鋒陷陣送死的？嘿嘿，小師父，你年紀不大，心思倒是蠻多啊，我真是服了你了。」二子看著我的眼神有些不爽了。

我並沒有覺得他的不爽有什麼不妥，這才是正常的反應，我既然敢把話挑明了和他說，自然就有下文。

我又說道：「二子，不是我吹牛，到現在為止，我有什麼能力，你都看到了。當然了，你看到的還只是一部分。我的能力和姥爺比起來，簡直就是九牛一毛，但是已經可以讓我無所畏懼，連鬼都不怕。我拿你當擋箭牌，確實是在利用你，退一步說，我現在就是求你幫我一個忙，你肯不肯幫？你如果能夠幫我這個忙，以後我不會讓你吃虧的，你的福氣大著呢。只要有我姥爺在，有我在，就能保證你一生安逸。別的不說，就這古墓裏的東西，你隨便拿兩件出去，找人出手，就夠你吃一輩子的。你明白了嗎？我不會讓你白出力氣的！」

我這些話幾乎是脫口而出。說完之後，我自己也嚇了一大跳，因為，我發覺自己說那些話的時候，似乎不是自己在說，而是身體裏的另外一個人，確切地說，是另外一個意識在說話，那個意識明顯比我更成熟、更睿智。這是怎麼回事？我自己也很疑惑。

二子聽到我的話，似乎有所悟，點了點頭，臉色緩和了一些，訕笑著說道：

「哎呀呀，小師父，你怎麼生氣了呢？你看，我不就是隨口一句話麼，你可別當真。行啦，你的意思我明白了，你放心，從現在開始，你讓俺幹啥就幹啥，我聽你的。小師父，我知道你是厚道人，你早說這些話，我早就聽你的啦。走吧，咱們繼續前進。奶奶的，等下遇到那個壞人，不用你們動手，我一槍就把他撂倒！」

二子說著，甚至獻殷勤地想要背著我走，我沒有讓他背，只把火把遞給了他，讓他在前面引路。

林士學和我並肩走著，走了一會兒，他低聲說道：

「小師父，我跟你說啊，這古墓裏的東西可不能拿出去賣啊，那是犯法的。」

聽到林士學的話，我冷笑了一下，抬頭看了他一眼，問道：「這些破玩意兒放著也是放著，自己撿來的東西都不能賣麼？」

「唉，行吧，這件事情是因我而起，你願意怎麼弄就怎麼弄吧，我睜一隻眼閉一隻眼就是了。」林士學無奈地嘆了口氣。

我低頭走著路，心裏再次納罕，琢磨著自己這是怎麼了，怎麼突然之間思維變得這麼成熟清晰了。

我知道，我現在的身體和心智肯定已經發生了很大的變化，不然，我絕對說不出這一套長篇大論來。我忽然想起了自己被狐狸眼和羊頭怪人追逐的時候，那異乎尋常的跑動速度。

難道說，我的體力已經超乎常人的狀態了嗎？想到這裏，我憋足了氣，蹲下身，猛地向上一跳。這一跳，把我自己也把林士學和二子嚇到了，因為我居然一下子從二子的頭上跳了過去。

我突然拔地而起，躍起近兩米高，向前劃了一個半弧，落到了二子面前的地上。

二子和林士學由於擔心那些鬼臉蜈蚣出現，心思都集中在墓道前方，一個黑影突然從他們的頭上落下，自然把他們嚇得不輕。

二子一咧嘴，下意識地悶叫一聲，向後一退，手裏的火把一下子就向前杵了出來，差點戳到我的後腦勺上。

我聽到腦後的風聲，就地一個翻滾，站了起來，回頭看著他們說：「別怕，是我。」

二子舉起火把一照，這才鎮定下來，有些摸不著頭腦地皺著眉頭，看著我問道：「小師父，你剛才是怎麼從上面跳下來的？」

林士學也有些疑惑地問道：「小師父，你真的能跳那麼高？」

林士學不像二子那麼粗枝大葉，他立刻就明白是怎麼回事了。

「我操，這麼高，從我頭上飛過去，小師父，你真的是神仙啊？」二子不敢置信。

我站在地上，心情也很是激動，因為我發覺自己現在的能力已經遠遠超出了自己的預料，我不但體力變強了，頭腦變得成熟理智了，而且這種變強的感覺還在持續。

「我也不知道是怎麼回事。大概從兩三天前開始，我的身體就出現了一些異常。」我故意表現得很不以為然，裝出一副很輕鬆的樣子，低聲感嘆道，「姥爺教我的功法果然很厲害。」

二子和林士學都兩眼放光地看著我，滿臉貪婪又不敢置信的神情。

我們又重新回到了主墓室。主墓室裏現在爬滿了鬼臉蜈蚣，四壁不停蠕動著黑白斑駁的癬狀鬼臉，那情形比剛才的乾屍吊餌好不到哪裡去。不過，這次我們都有了心理準備，所以並沒有感到太多不適。

我先把尺塞進袖子裏，不讓那些蜈蚣看到，想試試看身上的焦味是不是真能驅散牠們。結果發現效果很不錯，那些蜈蚣嗅到我們的氣味就都避開了。

其實，現在我們就算被鬼臉蜈蚣咬幾下，也不會有事了。因為我們都已經服了蜈蚣粉末，體內已經有了解毒藥了。

二子的底氣回來了，他大踏步向前走著，一邊走一邊嘿嘿大笑：

「他奶奶的，來啊，來咬老子啊！」

此時，碎石後面的墓道裏依舊吹著一陣陣冷風，吹得火把呼啦啦的響。

二子舉起火把，向墓道裏照去，又看到了碎石路兩側的紙紮小人，他撇了撇嘴問我們道：「你們說，這些紙人會不會有什麼古怪？」

「不知道。」林士學皺眉看了看，「還是小心為妙。」

二子低頭看看我，我沒有說話，也沒有去看那些紙人。我抬頭去看剛才爬滿蜈蚣的那個乾屍吊餌，發現屍體原來是一具鬆垮垮的黑色骷髏。

那具骷髏的骨頭竟然不是真正的骨頭，而是由金屬打造的。也就是說，這玩意兒就是一個鐵骷髏，就是用來養蜈蚣的。

紙人墓道

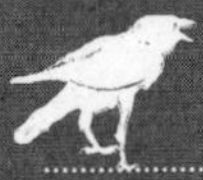

走上碎石小道沒多久，我們就已經深入到那些紙人中間了，
很寬敞的墓道也忽然變得很窄，只能容三個人並肩走過。
我一邊走著，一邊借著前面晃晃蕩蕩的火把光亮，
掃視著路兩邊的紙紮小人。

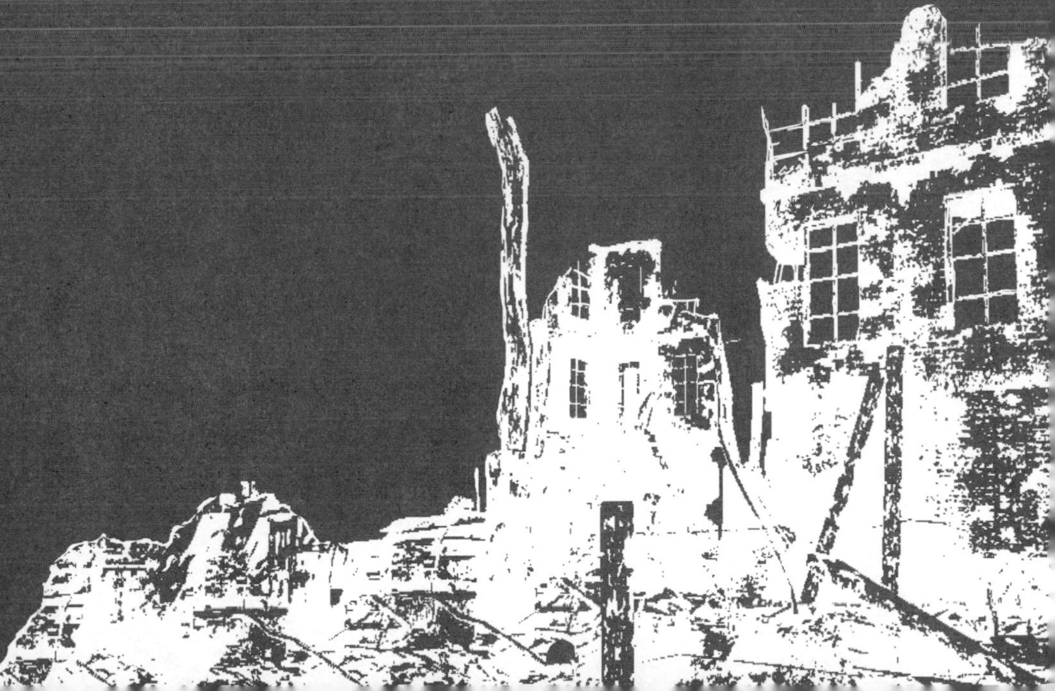

「喂，小師父，你怎麼不說話？」二子見我在看那具鐵骷髏，拿起獵槍用力一捅，把鐵骷髏戳到了地上，「這玩意兒嚇死老子了，現在我看它還能翻浪子不。」

我看鐵骷髏確實沒有什麼異常之後，這才對二子和林士學點了點頭，說道：「這些紙人是幹什麼用的，我也不知道。不過看樣子，應該不會有什麼危害，我們先走走看。」

「好。」二子點點頭，一手拿著獵槍，一手舉著火把，率先越過碎石矮牆，踏上了墓道的碎石小路。

走上碎石小道沒多久，我們就已經深入到那些紙人中間了，很寬敞的墓道也忽然變得很窄，只能容三個人並肩走過。

由於墓道兩邊都有紙紮小人站立著，所以，要通過這段很窄的墓道，我們只能排成一行，依次通過。林士學走在最後，二子走在最前面，把我夾在中間。

我一邊走著，一邊借著前面晃晃蕩蕩的火把光亮，掃視著路兩邊的紙紮小人。這些紙紮小人每一個都有二尺來高，和我的身高差不多。紙人的做工很精細，不但身體四肢比例勻稱，而且面部表情也栩栩如生。有的是女的，頭上有雙髻，細長眉毛，眯眼微笑，紅紅的嘴唇，有的是男的，濃眉大眼，瞪著前方，虎虎生威。

我和那些小人差不多高，所以走到墓道很窄的部分時，正好也是那些小人很密集的地方，彷彿四面八方的小人都在看著我。那種感覺非常詭異，就好像動物園裏被人圍觀的動物一般。

我感到有些煩躁。而且，那些小人的表情有哭有笑，太過逼真了，當我看向他們的時候，覺得他們似乎都在問我：「你是誰？為什麼要到我們這裏來？」

我正在被這些小人嚇得渾身有些發毛，猛然間聽到背後遠遠傳來了一陣戚戚咯咯的聲響。

我們同時停下了腳步，一起回身向後面看去。但是聲音距離我們還很遠，所以我們並沒有看到是什麼東西在發出聲音。我們誰都沒有說話，只是相互對望了一眼，然後就一起躡手躡腳地向來路走去。

走了沒幾步，剛剛走出那段狹窄的墓道時，迎面看到了一個讓我們無法置信的東西，正大踏步地朝著我們走過來。

那個東西距離我們還有二十多米，渾身黑亮黑亮的，一根根黑色的骨頭裸露著，眼窩深陷的骷髏頭，兩排鐵牙喀喀咬動著，它一邊踏步走，一邊還晃著手裏拎著的兩個白色小紙人，神情極為詭異。

我們三個人頓時傻掉了。這玩意兒正是那個被二子一槍捅掉到地上的鐵骷髏。這東西居然自己能走路，難道它是古代人造出來的機器人嗎？這不可能啊！

我們立在原地一動都不敢動，也不敢出聲，就那麼直愣愣地瞪著鐵骷髏「戚喀戚喀」一步步地向我們走近。

慶幸的是，鐵骷髏根本就沒有注意到我們的存在，它甩著膀子，晃著兩個小紙人，徑直踏步從我們旁邊走了過去。

見這玩意兒自己走開了，我們都鬆了一口氣，慌忙拿手擦著額頭的汗，還是不敢出聲。

我扭頭去看鐵骷髏的背影，一看之下，卻赫然看到，那具鐵骷髏的腦袋後面，居然有一張人臉！是一張白白的、披頭散髮的女人臉。女人臉上帶著一抹詭異的笑容，瞇眼看著我，直到鐵骷髏拐進了墓道的彎道才消失了。

我回過神來，發現四周沒來由的起了大霧，灰濛濛的，幾乎連旁邊的紙紮小人都看不清楚了。

林士學和二子有些緊張地縮身蹲到我的身邊，低聲商量道：

「這是怎麼回事，我們該怎麼辦？」

我們在地上蹲成一圈，商量著對策。

他們兩個說是商量，其實是想要聽聽我的意見。我的腦子也有些短路了，不知道該怎麼辦。不過，我的目的一直很明確，那就是一定要救出姥爺。要救姥爺，這條路就要繼續走下去，不管遇到什麼情況，都必須走下去，至少，我自己是必須走下去的。

林士學說狐狸眼把姥爺抓住了，帶到了古墓裏。我猜想，狐狸眼肯定也經歷了一番恐怖靈異的狀況之後，才到達墓道深處的。既然狐狸眼可以走過去，為什麼我們就不能走過去呢？

狐狸眼的攝魂象笏還沒有我手裏的陰魂尺厲害，他雖然有道行，但是我也有異能，所以，既然他能走過，我也不能輸給他。

「不管他，我們走我們的。」我很堅定地說著，起身帶頭向前走去。

四周霧氣繚繞，我們幾乎是摸索著走完那段狹窄的墓道，又進入了一段很寬闊的墓道。這段墓道是一個天然地下洞穴，因為有濃霧，再加上火把光芒黯淡，我們根本就看不到穴頂有多高。

此時，腳下的碎石路也變成了堅硬的石板路，兩旁依舊林立著小紙人，小紙人的後面，要再出去四五米遠，才能到達石洞的洞壁。

洞壁沒有經過雕琢，還保留著天然洞穴突兀嶙峋的岩石表面。我們時而能看到一顆顆犬牙一般的石筍，石筍不是常見的乳白色，而是黑黝黝的，有些更是造型怪異，如同魔神一般居高臨下地俯視著我們。

石洞裏沒有水，非常乾燥，但是有風，有霧，氣氛很詭異。我們沒有離開主墓道，一直沿著紙人中間的路向前走，又走了一段，來到一片亂石穿空、犬牙交錯的石林。

走進石林之後，我們立刻就發現了異常。路兩邊的紙人有一些倒伏在地上，被撕破了。走近一看，我們警覺起來，因為，從紙人被撕破的痕跡來看，那不是被人手撕破的，而是被一種爪牙非常尖利的野獸撕破的。

二子把一個肚皮破掉的紙人拿起來嗅了嗅，皺眉道：「他娘的，這味道不太對啊，像是尿味。你們聞聞看。」

我和林士學接過紙人嗅了嗅，果然聞到一股尿騷味。

「這是怎麼回事？」林士學皺眉看了看四周，問二子道。

「這是野獸為了標記留下的尿味，這片石林裏面有古怪，說不定有狸貓。」二子在老家時經常打獵，對於野獸的行動很熟悉。

「我們小心點，注意看四周的情況，別被襲擊了。這些畜生在地下待了這麼久，肯定餓得眼睛都花了，要是牠們看到我們，就是拼死也會上來咬一口的。」二子說著，端著獵槍，警覺地看著四周。

林士學讓我走在中間，想把我保護起來，我對他擺了擺手，拿出尺晃了一下，讓他走中間，不要擔心我。

我們又走了將近一百米，馬上就要走出石林地帶了。就在這時，石林裏突然傳出了一聲嬰兒的哭聲。

「哇啊——」哭聲在這濃霧瀰漫、黑暗陰森的石林墓道中響起，給人的精神刺激可想而知。

「這，這是怎麼回事？有小孩？」林士學有些結巴地說道。

「有個屁！」二子反而非常鎮定，他拿著火把，端起獵槍四下搜尋，「我就說這裏面有狸貓，你看吧，這就來了。來就來了唄，還是一隻發春的母貓，你們等著，要是牠敢出來，老子直接拿獵槍戳牠，我讓牠叫個夠！」

「狗日的，來了！」二子瞅準一個方向，喊了一聲。

我立刻向那邊看去，果然看到一雙葡萄大小的綠瑩瑩的眼睛。我意識到，這隻狸貓的體型可能非常大，不然不會有這麼大的眼睛。

「這個頭兒看來不小，小師父，你可別被叼走嘍！」二子端槍瞄準那雙眼睛，等著牠走近，還不忘調侃我一句。

我沒有說話，捏緊了尺，微微弓腰，做出了隨時撲擊的姿勢。

「啊嗚——」那綠瑩瑩的眼睛自然早已發現了我們這一行人，牠現在還在遠處逡巡著，沒有進攻，肯定是在觀察我們。

「啊嗚——哇呀——」綠眼睛轉了一會兒，又發出一連串的嬰兒叫聲，分外刺耳。

我疑惑地問道：「二子，牠是不是不敢上來了？要不我們別管牠了，直接往前走吧，我們可沒有時間跟牠在這兒耗著。」

「滾開，狗東西！」二子撿起一塊石頭，用力向綠眼睛的方向扔過去。

石頭應聲砸到綠眼睛身後半米的地方，發出了「劈啪——」一連串脆響。綠眼睛發出一聲尖叫，一閃就消失在石林之中。

「嘿嘿，搞定了！」二子搓搓手，咧嘴笑著，剛轉過身，整個人卻愣住了，全身僵直地一動不動，兩眼直直看著我們的後方。

「二子，你怎麼了？」林士學疑惑地問道。

二子滿臉驚恐地做了個機械的攤手姿勢，然後指了指我們背後。我和林士學狐疑地扭頭向身後看去，立刻驚得差點叫出聲來。

此時，在我們背後，那些犬牙交錯的石林裏，竟然出現了很多隻全身蘆花斑紋的大狸貓。這些狸貓悄無聲息地趴在石頭上，輕輕擺著尾巴，居高臨下地看著我們。

等我和林士學轉過身的時候，這些身長足有大半米長、寬頭大眼、爪牙鋒利的畜生，立刻顯示出了獵食本性，一齊向我和林士學飛撲下來，有些是衝著我們的手臂和四肢，有些則直接瞅準了我們的喉管。

霧氣瀰漫，黑影幢幢，我們根本就不知道濃霧中到底有多少隻狸貓，總之只感覺頓時鋪天蓋地都是四肢張開、爪牙森寒的畜生。

在這些畜生發動進攻的一瞬間，我總算明白了剛才那隻發春的狸貓為什麼在那裏亂叫了。敢情這些畜生本來就準備好伏擊我們了，那隻母貓只是一個誘餌，故意吸引我們的注意力，牠們的大部隊則趁著我們一起看向那隻母貓的時候，悄悄地潛到我們背後，只待牠們的首領一聲令下，就對我們發動攻擊。

不過，這些畜生今天的如意算盤是白打了，因為牠們絕不會料到我有這麼快的反應，其實別說牠們，就連我都沒有料到自己身手這麼快。

那些畜生剛剛飛躍起來，還沒來得及落下，我就已經向後倒著飛躍出去，同時手裏的尺凌空劃過了四五隻野狸貓的身體。那些野狸貓連叫都沒有來得及叫一聲，就全身一軟，掉到地上，沒了生氣。

由於我的身體有了異常強大的機能，我一擊之後，翻身落地，一躬腰，就準備再次出擊。

「啊！」這時，我旁邊的林士學已經中招了，那些畜生趴滿了他一身，他被咬得號叫起來。

「表哥！」二子驚呼一聲，抬起獵槍想打那些畜生，但是如果開槍的話，林士學也要遭殃，二子只好一咬牙，收起獵槍，拿著火把向那些野狸貓揮過去。

「啊嗚，啊嗚——」野狸貓害怕火光，見火把揮過來，驚慌逃竄。

「哎喲，哎呀——」野狸貓跑掉之後，林士學咧著嘴大叫著，一屁股坐到地上，抬起手臂捋起袖子，發現左手臂上被抓咬得全是血痕，臉上也有被抓咬的道道血痕，不停地流出血來。

「二子，打，給我狠狠打，一個都別放過！」林士學一摸自己的臉，發現臉上掛彩了，氣急敗壞地對二子吼道。

「好！」二子乾脆地答應了一聲，拿著火把，拔出獵槍，一下就跳到野狸貓群的前方，黑著臉，獰笑著準備開槍。

但是他放眼看到那麼多野狸貓，有些醒悟過來，扭頭對林士學說：「表哥，我只有一發散彈，怎麼狠狠打？我看，不如咱們留著這發散彈吧，等下說不定還有用處。」

「總之，不管你怎麼弄，給我把這些畜生都幹掉！」林士學齜牙咧嘴地狠狠說道。

「嘿嘿，我有個好主意，你娘的，我看看你們這些畜生到底有多少能耐！」二子看到地上被我擊斃的幾隻野狸貓，火把一低，就把牠們身上的毛皮點著了。

野狸貓順溜的皮毛燒得很劇烈，二子把幾隻野狸貓都點著後，拎著牠們的尾巴，甩到了野狸貓群裏。

「唔呀呀，哇呀，喵呀——」二子這麼一弄，那些剛剛退守回去，準備再次伺機進攻的野狸貓立刻炸開了鍋，一時間上下亂竄，豎著鬃毛尖厲地大叫起來。

「嘿嘿，他奶奶的，跟老子鬥！」二子燒得很開心，一陣大笑，又抬手拎過路邊的一個紙人，也點著了，向貓狸群扔過去。

我見到二子的舉動，本能地覺得亂動那些紙人，特別是把牠們燒掉，不是個好兆頭，但是我想要阻止他的時候，已經來不及了。這傢伙燒得起興，已經在沿路兩邊連續點著了好幾個紙人，燒得石林裏火光閃閃。

我數著二子點燃的紙人，一個，兩個，三個四個，五個六個，七個……

就在二子把第七個紙人點著，正準備扔出去的時候，山洞裏突然刮起了一股邪異的怪風。

「嗚嗚嗚嗚——」怪風吹過石林，發出一陣陣女人嗚咽一般的聲音，吹得地上火光閃動，路邊的紙人都晃蕩顫抖起來，也吹得濃重的霧氣愈發冰涼繚繞起來，在洞中拉開了一條條白色絲線。

猛然起了這陣怪風，我們就是再遲鈍，也知道要出事了。

二子甩手丟掉手裏的著火紙人，回身跳到我和林士學的身邊，有些驚慌地問道：「怎麼啦？」

我沒有說話，搖了搖頭，打算靜觀其變。

林士學這時卻發現了一個異常情況，他拉了拉二子的衣袖，又拍了拍我，指了指石林裏的野狸貓群，說道：「你們看那些野狸貓在做什麼？」

我定睛一看，發現剛才還在上躥下跳的野狸貓，頃刻間都安靜了下來，不但不動了，而且連叫都不叫了，居然一齊前爪撲地，趴在地上，收攏了耳朵，瞇起了眼睛，一臉老僧叩拜佛祖的虔誠溫順樣子。

「嗨嗨，這些野畜生被我嚇壞了，你們看，牠們在拜我！」二子非常得意地笑了起來。

「噓——」就在這時，我聽到迢遠傳來一陣「嘀滴答嗒」尖細悠揚的嗩吶聲和哭號聲，連忙噓聲讓他們仔細聽。

二子豎著耳朵聽了一會兒，立刻神色大變，臉色慘白地抬頭望向來路，皺眉結巴道：「這他娘的是送葬的動靜啊，這，這是什麼情況？」

林士學連忙把我們拖到了路邊，躲到石林後面，低聲道：「我們還是躲起來吧，那些野狸貓這麼害怕，肯定不會沒有原因，這送葬的動靜越來越響了，等下肯定會有東西過來，我們等著看就是了。」

我縮身下來，伸頭往外觀看。二子和林士學也趴著石頭，伸頭向外，靜靜地等待著。

等了好一會兒，嗩吶聲和哭號聲越來越大了，幾乎就是響在耳邊，但是，我們卻什麼東西都沒有看到。我們面前的霧氣非常濃重，簡直就像一團白布，把路完全蒙了起來。

「滴滴滴滴——噠噠噠噠噠噠——」

「哼哼哼——」二子瞇眼聽著嗩吶聲，竟然情不自禁地跟著哼了起來。

我皺了皺眉頭，使勁睜眼向外面看，卻還是什麼也看不到。但是嗩吶聲聽得太清晰，我心裏也下意識地跟著節奏打起了拍子，然後忽然感到一陣濃濃的睏意湧了上來，不由自主地打了一個哈欠。

「啊——」一個哈欠打完，我有些困倦地閉起眼睛，居然打起了盹。

不過，我還是很警醒的，我覺得自己好像是剛閉上了眼睛，不到一秒鐘就再次睜開眼睛了。但是，等到我再睜開眼睛時，看到的情況卻和我剛才閉眼之前的截然不同了。

我發現自己居然趴在路邊，雙手平放在地上，雙膝跪地，撅著屁股，臉幾乎貼到了地上。我想移動手腳，卻發現自己全身僵硬，怎麼也動不了。

我幾乎用盡了全身力氣，才勉強扭了一下脖頸，看向側面，林士學和二子正像我一樣，也跪趴在地，一動不動。我想喊他們一聲，卻發不出聲音了。

我只好費力地再次扭頭，看看周圍，心裏的感覺就不能用震驚來形容了。我的周圍全趴著野狸貓，也就是說，我們現在完全陷在野狸貓群裏了。我們是什麼時候擺出這種噁心的姿勢，趴在這裏的？我心裏不禁產生了一個老大的疑問。

耳邊再次響起了清晰的嗩吶聲和送喪的哭號聲，我費力地抬頭向前看去，霧氣濛濛的路面上，出現了一支送喪的隊伍。這支隊伍白色幡旗招展，鼓匠在吹吹打打，隨後是端著老盆，捧著喪棍，披麻戴孝的人影。

隊伍悠悠蕩蕩，影影綽綽的。那些影子走過我的面前，看都不看我一眼，如同我壓根兒就不存在。

隊伍過去大半之後，在隊伍的後半段，我終於看清楚了一樣熟悉的東西——大紅棺材！

確實是那口大紅棺材，嶄新的紅漆熠熠生輝。有八個穿白衣的影子抬著棺材，棺材在空中一顛一顛地向前移動，逼近我額前的時候，我能夠聽到捆紮棺材的粗大麻繩摩擦棺材邊角的聲音。不光棺材是紅的，居然連上面貼著的喪紙也是紅色的。

看到這個情景，我一下愣住了，心裏立刻浮現出一個讓我不寒而慄的字眼：

「冥婚?!」

所謂冥婚，是活人和死人結婚。與冥婚相對應的，就是「鬼嫁」。鬼嫁，是已經死去的女人嫁給活人當老婆。冥婚和鬼嫁，乍聽起來好像是一回事，其實不然。這兩者絕對不單單是稱呼上的差別，它們之間其實是天壤之別，甚至是生死之別！

姥爺給我講到冥婚時，會面露憎惡的神情，叱之為「最噁之事」，但是姥爺講到鬼嫁時，則津津樂道，很是悠然，由此也可以看出這兩者的差別。

冥婚是說，那個活人不但要和死人舉行結婚儀式，還要活人入葬，喜棺發喪，給那個死人陪葬。這種陋習，是赤裸裸的殺人！

在古代，一般來說，被選為冥婚的大多是窮人家的女子，活生生被抓來給那些大戶人家的死者陪葬，是一種滅絕人性的殘忍行為，因此姥爺對冥婚充滿厭惡之情，嗤之以鼻。

而鬼嫁，則是讓死去的女子嫁給活人當老婆，這種嫁法要生者自願。一般來說，這種情況大多是因為生者對亡者用情太深，雖然亡者已逝，但是生者仍然願意與其結為連理，成為名義上的夫妻。

鬼嫁只是一種形式，不需要生者陪葬，也不需要死者曝屍，甚至如果生者不願意，都不用為這個鬼妻守身，可以另行婚娶。因此，與冥婚相比，鬼嫁至情至性，更加令人欽佩和驚嘆。

冥婚送葬隊伍的旗幡、喪號、披孝等和普通送葬隊伍沒有什麼區別，唯一不同的是，棺材要漆成大紅色的，而且棺木上貼的紙片也要用紅色的。棺上紅紙，是冥婚的最大特點。

一般來說，使用紅漆棺材的都是歲壽達到七十歲以上自然死亡的老人。老人壽終正寢，留福後人，沒有什麼好悲傷的，反而是一件喜事。所以，老人的兒女就給他們使用紅漆棺材，並且吹吹打打，風光大葬，在墳前也不怎麼哭，希望老人九泉之下保佑子孫永昌，門楣興旺。

不過，喜喪使用紅色，也只限於棺材的漆色，除此之外，其他一應物什非白即黑，絕對不會出現紅色這種不利喪事的顏色。棺木上貼的紙也是白色的。

只有冥婚，不但棺材是紅色的，上面貼的紙是紅色的，棺木上題的對聯也是喜聯。這樣做是表明，這是給死去的人送媳婦。裝女方的棺材就相當於花轎，一切都要喜慶，要大紅色的。

冥婚這種陋俗，是慘絕人寰的。那些吹吹打打、把鮮活的大姑娘活埋的人，不知道心裏是怎麼想的。他們自認為這是給死去的親人造福，給他送個媳婦，讓他在地下好好享用，殊不知，這樣的做法絲毫不能緩解他們的親人在陰曹地府的狀況，反而因此造成他們的親人墓葬之中充斥著那位被活埋的女子的怨氣。

那些被迫冥婚的女子是無辜枉死，其魂魄怨氣極深，駐留在墓葬之中久久不散，便會在墓葬中形成極為凶煞的鬼氣，非常厲害。

姥爺曾經告訴我，這世上最凶的地方，就是冥婚的古墓，因為裏面鬱積了極為凶煞的怨氣，人走進去，絕對不會有好下場。

看到了冥婚棺材，之前我所遇到的一連串靈異怪誕事件，就都有了合理解釋。按照正常情況來說，這種冥婚古墓一旦進入，應該是立時斃命的，輕者也要癲狂失去理智。現在我們在這裏逗留了這麼久，一直都沒有發生什麼太大的意外，這已經算是很走運了。

想到這裏，我心裏不禁感到一絲慶幸，甚至有些感謝那位被迫冥婚的女子，感謝她沒有那麼凶戾地報復我們。

心裏帶著謝意，我再次抬頭看向送葬隊伍，這時看到的景況卻又有了極大的變化。送葬隊伍這時居然變成了送親隊伍，隊伍中的大紅棺材變成了一頂紅頂粉窗、金絲散穗的轎子。

轎子由八個人抬著，那些跟隨轎子以及抬轎子的人，依舊看得不是很清晰，只有轎子是可以清楚看到的。

「滴滴滴——噠噠噠——」悠揚的嗩吶聲中，隊伍徐徐前行，紅紙翩翩飛舞，從空中灑下，落入霧中，似花非花。

我兩眼直勾勾地盯著那頂轎子，感覺轎子在路過我面前的時候，似乎故意放慢了速度。果不其然，那頂轎子走到我正前方時停了下來，不再前進了。

轎子停下之後，轎子側面的紅色窗簾被一雙雪白如玉的手掀開了，緊接著，我就看到轎子裏端坐著一個穿著一身大紅刺繡新娘繡袍、頂著紅蓋頭的女子。

女子頂著紅蓋頭，微微扭頭向窗外看去，似乎是在透過紅蓋頭的布絲縫隙看著我，但是我卻看不到她。

我有些疑惑地凝視著她，想看看她要做什麼，就在這時，我的眼角猛然一暗，一個人大踏步地走到花轎前，一弓腰，探身鑽進了轎子。

我一看，那個人居然是林士學！

這個場面，讓我不能不感到極度驚駭，我覺得自己可能是在做夢。我應該是太睏了，所以睡著了。但是，這個夢境又太過真實了。

我細看林士學的樣子，發現他行動自如，神志清醒，不像是受到了迷惑。他膽大妄為地進了轎子，而且居然還探手揭開了新娘子的紅蓋頭！

隨著林士學手的動作，紅蓋頭下面，新娘子的面龐露了出來。我從側面看去，只見那個女子有一頭如瀑烏髮，不但遮住了她的側面，還把她的面容都遮擋起來了。

女子輕輕起身，背對著我，與林士學挽了挽手，似乎在低頭輕語。輕語完畢，女子重新坐回轎中，林士學則點頭微微一笑，躬身退了出來，然後就跟在轎子旁邊，呼喝了一聲「起轎」，跟著送親隊伍繼續前進了。

花轎緩緩而行，轎子的小窗依舊開著，轎子裏的新娘子端坐著，然後她一扭頭，直直地向我看過來。

我此時也正好抬頭看向她，赫然看到，那個女子前面居然也是披肩長髮，並沒有臉！

「咕——」我被驚得咽了一口口水，一瞬間寒毛直豎。

那個女子雖然沒有臉，但是似乎能夠看到我的窘迫神情，居然就那麼安坐在轎子裏，晃著黑髮披散的頭顱，一顫一顫地笑了起來。說是笑，其實我也只是感覺到她笑的動作，實際上並沒有發出聲音。

我被她的舉動嚇得呆掉了，趴在地上瑟瑟戰慄，心裏又受了一次驚恐的煎熬，讓我幾乎有了尋死的念頭。

無臉的女人，黑髮在搖晃，紅色的花轎，詭異的林士學，吹吹打打的送親隊伍漸行漸遠，最後完全消失在迷霧之中。

洞穴裏又是一片空寂，只有風嗚嗚吹過，開始吹散迷霧。空氣變得很清爽，目光望去，已經可以看到遠處的岩壁，以及紙人林立的墓道。

第十八章

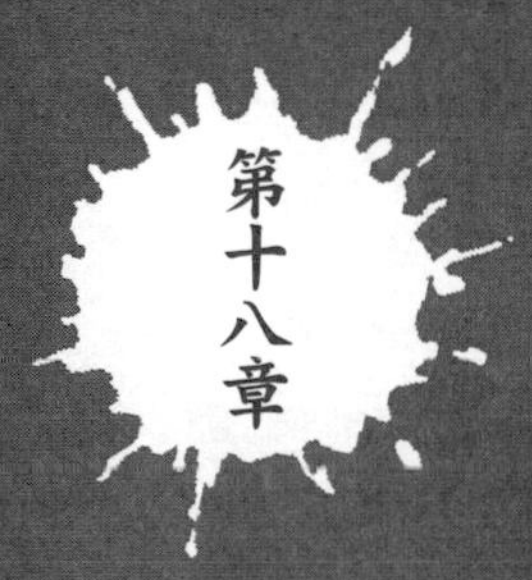

古墓怪貓

屍貓，並不是貓，而是——人！但是，這種人，早已沒了人性。
屍貓是一種變異的人，通俗地講，就是怪胎。
這種怪胎生下來的時候，全身光滑無毛，眼圓爪利唇瓣三分，
唇邊有鬚，就是半人半貓的怪物。

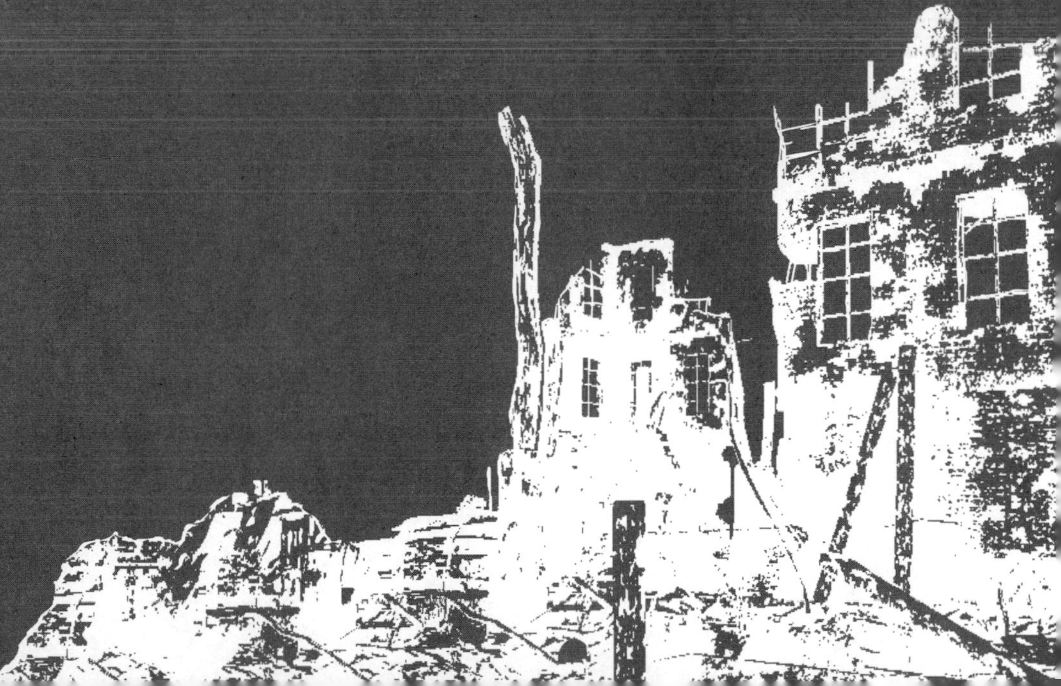

迷霧散盡，我清醒過來，發現自己居然躺在陰森的石林之中睡著了。四下一片昏暗，只有不遠處有微弱的火光。我起身向火光的方向看去，但是石林太密，我壓根兒就看不到火光的來源。

不過，我聽到石林裏傳來一陣沉重的腳步聲和急促的喘息聲，石林裏的光影晃動著。那情形，就像是一個人正拿著一個火把，在石林裏跑動，火光晃來晃去的。

我低頭看看自己，發現只還捏在右手，只是，我現在是孤身一人站在石林深處，身邊既沒有林士學，也沒有二子，他們都不見了。

「嘿嘿，來啊，來啊，該死的畜生，我讓你知道知道爺爺的厲害！」

就在我正疑惑的時候，猛然聽到石林裏傳來了二子粗聲粗氣的罵人聲。我不覺心中感到一陣溫暖，抬腿向前跑過去。

我跑到近處一看，二子渾身是血，衣衫破爛，他一手拿著火把，一手抓著一塊尖利的石頭，背倚著一根合抱粗的石柱，正在急促喘息著。

在二子的前方，或者說是四周，石林之中圍著不下上百頭兇惡的野狸貓。那些野狸貓此時似乎連火焰都不怕了，雖然二子極力揮舞著火把，但是，牠們依舊悍不畏死地向著二子衝了過去。

二子見野狸貓衝了過來，只能用尖石頭向牠們砸去，再就是用腳踢，但是，這樣壓根兒沒法阻止野狸貓的攻勢。

民間傳說，貓有九條命，所以，對付野狸貓，如果不能將牠們一擊致命，只要給牠一點喘息的機會，這東西立馬又會活蹦亂跳了。

「啊嗚，啊嗚——」圍著二子的野狸貓，一邊對二子展開輪番攻擊，一邊尖厲叫著，此起彼伏的叫聲，聽在耳中如同鐵鍬擦地一般讓人難受。

我見二子快堅持不住了，連忙大叫一聲，揮舞著手裏的尺，四下擊打驅趕野狸貓，向著二子靠了過去。

那些野狸貓對我手裏的尺非常忌憚，見到我居然都主動跳開了，沒有敢阻攔我的。

我猜測，我睡著的時候，沒有被這些野狸貓給撕成碎片，多半也是這把尺的緣故。這把尺不但兇悍，而且氣場充足，野狸貓是有靈異的生物，自然能感應到尺上的戾氣，因此都不敢靠近。

二子就倒楣多了，他沒有什麼東西可以克制那些野狸貓，腰裏的獵槍也只有唯一一發散彈，就算打出去也起不了多大作用。

我看著二子的樣子，心裏一陣震駭，不知道他已經被這些野狸貓圍攻多久了，我對他大喊道：「二子，堅持住，我來救你了！」

「嘿嘿，小師父，你，你怎麼又跑出來了？你，這不是讓我白忙活了嗎？」二子張嘴就說了一句讓我摸不著頭腦的話。

我先是一愣，繼續驅趕野狸貓，沒有多問，現在情況危急，沒有時間聽他解釋。

「滾開，滾開！」我衝進野狸貓群，憑藉異常敏捷的身手上躥下跳，手裏的尺劈波斬浪，把野狸貓群衝得七零八落。

野狸貓在我的衝擊之下，都豎起鬃毛，尖叫著四下逃竄，有些動作慢的，就做了我的尺下鬼。沒用多長時間，我已經從野狸貓包圍圈的外圍，衝到了二子身邊。

二子見到我衝了過來，苦笑了一下，抬起袖子擦了擦額角的血痕，對我說道：「你這麼亂打一氣是沒有用的，這些畜生有首領，不把牠們的首領幹掉，牠們是不會撤退的。」

「牠們的首領在哪裡？」

我回頭一看，發現那些野狸貓果然再次聚集了起來，對我和二子形成了包圍圈。

「首領在我背後的石柱子裏。」二子接下來的一句話，讓我又是一愣。

「嘿嘿。」二子苦笑了一下，看了看我道：「你以為這些畜生這麼瘋狂地攻擊我，是因為我的肉好吃麼？」

「到底是怎麼回事？」我貼耳在石柱上仔細地聽，果然聽到石柱中傳來一陣陣沉悶的撞擊聲，間或還有野狸貓沙啞的嘶吼聲。

「這石柱是空的。」我拍了拍石柱，發出了一陣「撲撲」的響聲。

「嘿，何止這一根是空的，這裏每一根石柱都是空的，只是這一根與眾不同，開口不在頂上。」二子又說，「我要移動一下身子，把那個畜生抓出來，你能幫我抵擋住攻勢麼？」

「放心吧，我有尺，牠們上不來！」我橫尺擋在二子的身前，冷眼看著那些野狸貓。

野狸貓嗚哇尖叫著，擰著尾巴，豎著鬃毛，在四周逡巡，一個個都很想跳上來在我身上撓幾下，但是，牠們卻都不敢上來。這些畜生早已見識了我的厲害，牠們知道，就算跳上來也傷不到我，自己反而會送命。

我擋住那些野狸貓的當口，二子背頂著石柱，將火把遞到我手裏，倚著石柱慢慢轉身，用肘部壓住了身後石柱上的一塊石板，接著用手抓著石板的邊角，稍稍移開了一點，露出了石板後面遮擋著的黑洞一角。

黑洞的縫隙剛剛出現，就聽到黑洞之中傳來一聲淒厲的叫聲，再接著，就聽到

「咕咚，咕咚」一陣沉悶的撞擊聲，撞得二子手裏的石板呼呼晃蕩。

「娘的，有力氣！」二子咬牙低罵了一聲，雙手按著石板，把石板壓穩，不讓裏面的東西跑出來。

然後，二子一點點移動石板，直到石板移開了將近十五釐米才停了下來，聚精會神地看著洞口。

只見黑洞之中，突然出現了一雙綠瑩瑩的葡萄大小的眼睛，緊接著「呼隆——」一聲悶響，一顆肉色腦袋突然從黑洞裏伸了出來，想要衝出洞口。

「奶奶的，往哪裡跑？」一見那個腦袋衝出來，早有準備的二子一咬牙，兩隻粗壯的臂膀上肌肉乍起，抓著石板狠命地向側裏一抵，就這麼把那個東西的脖子活活卡在洞口。

「唔哇，啊呀，啊呀呀呀呀，啊——」那個腦袋被卡在外面，身體在石洞中吊著，牠一邊極力躥騰抓撓著，一邊發出了一陣沙啞刺耳的嬰兒哭喊般的叫聲。

聽到那似曾相識的叫聲，我向貓王看去，赫然看到了一顆無毛的肉色頭顱，小西瓜一般大小，上面遍佈褶皺，看著讓人一陣噁心。

不過，當我看清貓王的臉部時，心裏的感受就已經不單單是噁心了，而是觸目驚心，無限恐怖。

我看到的居然是一張人臉，確切地說，是一張沒有毛髮、肉禿禿的，長著一雙綠色圓眼、肉頭鼻子和一張三瓣貓嘴的，嘴邊還有幾根紅色長鬚的半人半貓的臉。

貓王瞠目瞪著我和二子，三瓣貓嘴張開來，沙啞嗚哇地鬼叫著，同時用力掙扎，想要擠出洞口。

二子這時顯示出了令人驚駭的勇氣，他不但不害怕，而且手裏的石板也一直沒有洩力，就這麼死死地卡著牠的脖子。

「媽的，這他娘的你敢信嗎？牠就是這群畜生的首領，牠們這麼追我，就是因為我把牠們的首領封在了石柱裏。嘿嘿，小師父，怎麼樣，嚇壞沒有，這玩意兒你知道是什麼東西麼？」二子咬牙卡住貓王，大笑著高聲問我。

「當然知道。」我點點頭，應了一聲。

「什麼東西？」二子有些驚愕地看著我問道。

「屍貓。」我淡淡地說道。

看到那張肉球人貓臉的一瞬間，我也嚇了一跳，覺得這東西絕對是個不折不扣的怪物，但是很快，我想起了以前姥爺給我講過的一個故事，提到過類似的東西。這怪物的名字，叫做屍貓。

屍貓，其實並不是貓，而是——人！但是，這種人，早已沒有了人性。屍貓是一種變異的人，通俗地講，就是怪胎。這種怪胎生下來的時候，全身光滑無毛，眼圓爪利唇瓣三分，唇邊有鬚，就是半人半貓的怪物。

古時候，民間怪病很多，近親結婚的也很多，所以怪胎是經常可以見到的。不過，像屍貓這種怪胎，卻是很少見的。一般來說，如果哪家生了怪胎，都是趁著半夜，毫不聲張地把孩子掐死，然後扔到亂墳崗裏，要不了幾天，就被野狗拖走，毀屍滅跡了。

姥爺說，宋朝的時候，有個「狸貓換太子」的包公案，民間讚譽包公秉公執法，破獲了狸貓案，從而被人敬仰，但是在姥爺看來，卻覺得這個「狸貓換太子」的案子，完全是皇家炒作出來遮羞避醜的鬧劇。

姥爺認為，當時那位皇妃生下的孩子，其實就是一個怪胎，但是皇家羞於承認這個事實，所以才炮製了狸貓案。宋朝朝綱崩壞，帝胄羸弱淫暴，根本就是一種遺傳病。姥爺說，那個狸貓太子，其實就是屍貓。

姥爺還把屍貓產生的原因詳細告訴了我。屍貓是很少見的，這種怪胎能存活下來，就更是罕見。一些篤信陰陽風水的大戶人家，或者一些致力修墓造穴的奇人，為了在古墓裏設置陷阱機關，刻意把一些怪胎養活下來。

要養活屍貓並不容易，因為屍貓一生下來就有利齒，一般只吃一種東西，就是人肉。沒有新鮮人肉，吃屍體也可以存活。而且這種怪物存活能力極強，一般很長時間才吃一次東西，吃一次可以管數月之久。在黑暗的環境下，這種怪物更是可以蟄伏數十年不死，極為長壽。

這些特點還不是屍貓入選墓穴守衛的原因，最最主要的原因是，牠們可以與貓雜交，生育出下一代屍貓。不過，下一代屍貓出生之後，第一代屍貓也就死亡了，成為新生屍貓的食物，新生屍貓長大之後，就會接替老屍貓的位置，繼續統領群貓，逡巡古墓。

古時候，在古墓中放養屍貓和狸貓群，一般都會封存一定數量的死屍，供給屍貓當食物。屍貓吃得少，很久才吃一次，所以只要留存的屍體數量足夠，屍貓幾乎可以一直繁衍生活在古墓中，這樣就給墓穴提供了很好的保護。

可以想像，如果盜墓賊鑽進一個古墓中，猛然看到這些東西，會是怎樣的感覺，他們一定會驚恐得放棄古墓裏的寶物，落荒而逃。

屍貓本身固然很恐怖，但是，真正恐怖、對盜墓賊有巨大威脅的，並非是屍貓，而是屍貓統領的那些凶戾的狸貓。

屍貓天生可以統領狸貓群，只要屍貓出現，狸貓群自然以其為首領。貓群對於屍貓是極力維護的，只要有膽敢威脅屍貓的入侵者，牠們就會群起而攻之，不將入侵者咬死決不甘休。

在古墓中長期豢養大量的貓群，顯然是不太可能的，所以，一般來說，能夠擁有屍貓當守墓獸的墓葬，非富即貴，很多都是帝王之墓。

帝王陵墓，一般來說規模巨大，三進三出，儼然是個地下迷宮，這樣就有足夠大的空間供狸貓群生存，同時也可以在墓穴裏貯存大量糧食，豢養老鼠，充當狸貓群的食物。隨著歲月流逝，糧食被鼠類吃掉，鼠類被狸貓群吃掉，狸貓群沒有天敵，大量繁殖，會變成巨大的群體，一直守護在古墓之中，任何外來者都會受到貓群的奮起攻擊。

二子現在抓住的這隻屍貓，不知道是第幾代了，不過從牠的個頭看，最多應該不超出三代，因為屍貓一旦進入古墓，想要傳宗接代，就需要和貓雜交，由貓產出下一代屍貓。貓的體型比較小，所以產下的屍貓個頭也不會太大，這樣一代代傳下去，屍貓的個頭會越來越小，最後變得和貓差不多大小。

在此之前，我只是聽說過屍貓，從來沒有真正見過，所以，當明白二子抓住的是一隻屍貓之後，立時起了很大的好奇心，很想看看這東西到底長得是什麼樣子。

「屍貓，我操，吃屍體的貓，他娘的，怪不得長成這個怪樣子，老子倒是要看看你還能吃人不！」二子聽我說起「屍貓」兩個字，就想當然地理解為吃屍體的貓。

「啊嗚，啊嗚嗚嗚——」二子手上的石板加大了力度，使勁卡著屍貓的脖頸，大有把牠的腦袋掐下來的架勢。屍貓被壓得嘴裏的舌頭伸出老長，鼻孔開始流出黑血，眼珠子鼓了出來，臉憋得像氣球。

我原本想阻止二子，但是轉念一想，殺了這個怪物也沒什麼不好。這種東西存於世間，其實是一種苦難，弄死牠，對於牠來說是一種解脫。當然，屍貓自己肯定是不會這麼想的，牠沒有什麼靈智，不然的話，牠一定會在心裏恨死我們，做鬼也不會放過我們的。

二子準備把屍貓扼殺的時候，我就靜靜站著，沒有說話，也沒有阻止。不過，我這麼一轉身觀看，就忽略了四周那些野狸貓了。可能是因為我太過自信，覺得野狸貓再也不敢衝上來了，所以，壓根兒沒去關注牠們。

可是，就在我們沉浸在即將殺死屍貓的快感之中時，突然一陣陰風刮起，一團黑影從屍貓所在那根石柱的上方飛躥下來，一聲尖厲的大叫，兩爪如鉤，死死地挖進了二子的手臂，同時大頭一伸，張口就向二子的脖頸咬了過去。

「啊，嘿！」二子沒想到會從天上突然跳下這麼大一隻黑貓，立時連驚帶疼地呼喝一聲，鬆開了手裏的石板，甩手把那隻黑貓丟了出去。

見到黑貓被拋出，我立刻跟上去，一尺戳中黑貓的脊背，黑貓一聲尖叫，全身一抽，就死挺在地上。

「娘的，給我火，我要燒了這野畜生！」二子看著手臂上血淋淋的傷口，惱羞成怒，拿過火把，把地上的黑貓點著起來。

「媽的，找死！」二子彎腰撿起石板，就準備再去殺那隻屍貓，但是轉身一看洞口，卻發現屍貓的腦袋已經不見了。

「又掉到裏面去了，你找找看，我來防備這些野狸貓！」我轉身警惕地看著野狸貓，發現沒有敢靠近的，這才放下心來。

二子拿著火把，照著洞口，伸頭往裏面看，剛把頭靠過去，還沒看清情況，就聽到一聲淒厲的尖叫，一個黑影從石洞裏猛地衝了出來。

這次，由於二子沒有心理準備，也沒有拿武器，所以，他本能地向後退了一步。他一退，就讓出了洞口，屍貓閃電般的從洞口躥了出來，趴在地上，四爪亂蹬，迅速逃進狸貓群裏去了。

我聽到聲音，回頭看時，看到 個大約有一米長、全身光溜溜、四肢細長如鉤、皺皮耷拉的怪東西，拖著一條肉棍一般的尾巴。

「壞了！」見到屍貓跑掉了，二子下意識地驚呼一聲，但是隨即看到四周的狸貓都一掉頭追隨那隻屍貓而去了，他吁了一口氣道：「算了，這樣也好，省得麻煩。」

「我看不一定，真正的麻煩，大概馬上就要來了。」我有些猶豫地說道，「我們不能再耽擱了，得趕緊走，不然想走都走不掉了。」

二子說，你還不知道吧，我表哥跑啦。

我問他林士學跑哪兒去了，二子指著來路說，林士學沿著來路跑回去了，他親眼看到的。

我有些不相信，因為我明明看到林士學是跟著那個送親隊伍走了，而且走的方向是沿著我們前進的方向，而不是向來路方向。不過轉念一想，我又覺得我看到的未必是真的，因為當時我是在做夢，二子則一直保持清醒，親眼看到的。

我為了確定二子說得沒錯，就問他有沒有可能他中途睡著了，看錯了。

二子說：「我怎麼可能睡著呢？我一直是醒著的，倒是你，在石林裏躲著的時候睡著了，我想你是太累了，就把你背在了背上。但是，我剛背上你，就看到表哥自己跑了出去，一轉眼就不見了。我猜他肯定是太害怕了，所以趁機逃跑了。我本來也想跑的，但是那些該死的畜生把我圍住了，我沒辦法，就拿著火把趕牠們，不知道被咬了多少下。說來也怪，那些畜生愣是不咬你。我就乾脆把你放下來，抽開身，準備好好和牠們幹一場。後來我打著打著，就發現牠們有首領在指揮，那個首領就躲在這個洞裏鬼叫。我就裝作沒看到牠，撿了一塊石板，一邊打一邊慢慢靠近這裏，然後趁牠不注意，就這麼把牠封在裏面了。嘿嘿。」

二子摸了摸後腦勺，笑道：「小師父，你看，我表哥都跑了，要不我們也回去吧，這鬼地方，再走下去，我覺得太危險了。」

「不行，我要救姥爺，你要是樂意幫忙就跟著，要是不樂意，你就先回去。反正，就算是我一個人，我也會走到底的。」

我抬頭看看四周，向二子要了火把，回到那條紙人小路上，繼續向前走。

二子在後面沉默了一會兒，一跺腳，還是跟了上來。

「嗨，算我上輩子欠你的，罷了，我就捨命陪君子吧。不過我可把醜話說在前頭，小師父，要是以後我有什麼需要你幫忙的事，你可不能不幫。」二子走到我身邊說道。

「那肯定。」見二子還算夠朋友，我也有些開心，連忙答應了他。

「好，那咱們開路吧，我倒要看看，前面到底還有什麼。」二子嘿嘿一笑，接過火把，和我並肩前進。

我們走了沒多久，聽到路兩邊的石林裏傳來一陣「劈哩劈啪」下雨般的聲響。

我們同時一驚，停下腳步，舉起火把一看，赫然看到兩邊石林裏都是野狸貓。

「快跑！牠們追來了！」我們一起發足順路向前狂奔。

疑點

這些疑點擺在面前，證明了我們此行的失誤。
那麼剩下的唯一一個疑問就是，
那個女鬼和我姥爺到底在哪裡，那個壞人又在哪裡？
我們到底要到什麼地方去，才能找到他們？

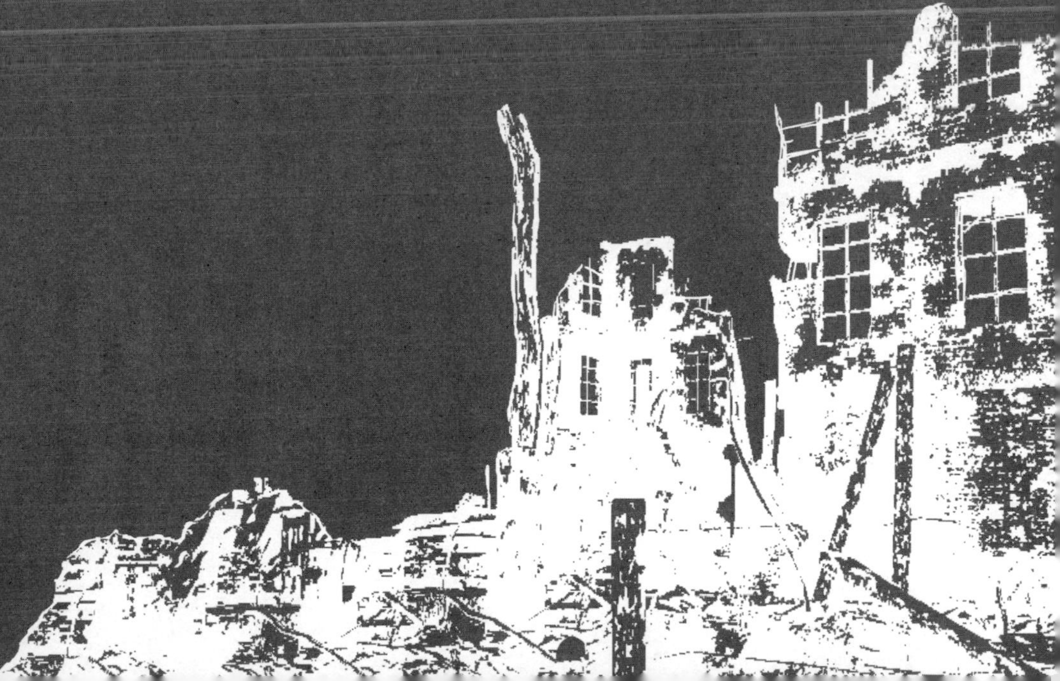

「啊嗚——」

我們跑了沒多遠，身後傳來一聲粗重的嘶吼聲。我們下意識地回頭一看，一頭高大如狗，體型和豹子差不多，粗爪寬肩、方頭人耳的黑狸貓，正在向我們追來。

「我操，成精了！」二子一驚呼，跑動的速度更快了。但是再怎麼快也比不上狸貓的速度，貓科動物最擅長的就是急速奔跑，拼的就是爆發力，所以，和牠們比賽短跑，是很不明智的。

那隻大狸貓沒用幾秒鐘就已經追到我們身後，一個飛躍，兩隻前爪就向我的頭上撲了過來。見這畜生連我的尺都不怕，我心一橫，一矮身，拿著尺就向那畜生的肚子捅了過去。

「呼——」讓我意想不到的是，這畜生居然出奇敏捷，身子還在半空中，見到我的尺舉起，竟然尾巴一剪，硬生生地改變了下墜的方向，落到了我的身側。

我見到牠落下來，正中下懷，手一落，尺如同長劍一般揮出，正砍到牠的背上。

「喵——」黑狸貓被我砍得一聲淒厲尖叫，四爪一蹬，拼死向側面飛躍，一下就躲進了石林中。

解決了這隻黑狸貓，我鬆了一口氣，擦了擦汗，回頭去追二子，卻發現二子已經被一群狸貓圍了起來，正在艱難地苦戰。我幡然醒悟了那隻大狸貓來攻擊我的原因，這就叫調虎離山。

二子這是第二次被圍攻，他也有些急眼了，一聲都沒哼，把火把往石縫裏一戳，手裏揮舞著兩塊長條石和牠們硬拼，竟然也砸死了十幾隻狸貓。

那些狸貓見到二子這麼兇猛，一時間也有些不敢靠近，這下可長了二子的威風了，他抬頭看到我正在看他，立刻一咧嘴，反守為攻，向那些狸貓發起了主動攻擊，狸貓四散逃跑。

「嘿嘿，小師父，快過來，你還愣什麼啊？」二子驅散了狸貓群，扔掉手裏的石板，拔起火把，對我招了招手。

我點了點頭，快步走到他身邊。

這時，一聲嬰兒啼哭聲從側面石林裏傳來，接著是一陣沉重的腳步聲由遠而近，再接著，石林後面一下跳出了十幾頭花豹一般大小的黑狸貓。這些黑狸貓一齊嘶吼著，向我和二子衝了過來。

我和二子一瞧這些黑狸貓的個頭兒，就知道這些畜生不是我們可以輕易對付的，我們也不管了，撒腿沒命地往前跑。

那些大黑狸貓帶著一群狸貓在後面吊尾追著我們，好幾次都差點追上了，幸好有我斷後，幹掉了幾個，這才減慢了牠們追趕的速度。

我們一路向前不知道跑了多遠，就在我再次回頭擊退了一隻大黑狸貓之後，前面奔跑的二子忽然「哎喲」一聲，不見了蹤影。

我陡然回頭，看到前面沒有路了，是一處懸崖峭壁，二子已經失足掉了下去。

我立刻飛撲到懸崖邊，伸出右手去撈。這時候二子剛掉下去，也本能地往上伸手一抓，由於距離太遠，他沒有抓到我的右手，而是抓住了我手裏捏著的尺。

見到二子一把握住了尺，我心裏登時咯登一下，暗道：壞了！

這時，二子的臉上擠出了一個笑容，嘟囔道：「我就說表哥沒往這邊跑吧。」接著他兩眼一閉，一鬆手，向懸崖下面掉了下去。

「二子！」

我趴在懸崖邊焦急地大喊，良久之後，卻只聽到一聲沉悶的撲通聲從下面傳回來。

我回身站定身子，感到背後懸崖邊刮來陣陣冷風，面前的黑暗空間中，散佈著一對對綠瑩瑩的眼睛。

「該死的！」我發出一聲嘶吼，揮舞著手裏的尺，忘乎所以地向那些綠眼睛衝了過去。

我腳底生風，行動迅捷，眼睛竟然很快適應了黑暗的環境，看到了影影綽綽的影子，能夠避開岩石了。

我一翻身，尺剁到了一隻狸貓的背上，打得牠淒厲慘叫一聲，躬身逃竄。我沒有給牠逃走的機會，追上去又是一尺捅過去，牠翻身掉到了地上，沒了聲息。

「啊嗚，啊嗚——」見到我動作飛速，目光敏銳，出手狠辣，那些狸貓嚇得一聲聲叫喚著，不敢再靠近我。

就在這個當口，石林背後的暗處轉過了一個光溜溜的影子，蹲在一根石柱上，伸頭對著我一聲聲嚎叫，像嬰兒在哭。

我心裏怒火乍起，拿著尺就衝了過去，跳起身來一尺戳過去。那個黑影見我跳過去，一躬身，跳到了另外一根石柱上，我緊追過去，再次跳起，把手裏的尺向牠戳了過去。

就在我身在半空中的時候，石柱上那個黑影突然也向前猛地一躍，直撞到了我身上，撞得我向側面翻滾下去。黑影則借著反彈的力度，一縮身又蹦開了，迅捷無比。

我看著那個飛躥的黑影，心裏正在火大，不想落地的時候，我一腳踩空，居然掉進了一條傾斜向下的光滑石洞之中。

「不好！」

由於掉進石洞之前沒有心理準備，我一下子就整個身體掉了進去，沒來得及用手抓住石洞的邊緣，於是整個人就沿著傾斜的洞壁，一路向下滑去。

我心裏驚呼一聲，揮動手裏的尺，慌亂地往身下的石壁上猛插，希望有個石縫能把尺卡住，但是石壁太光滑了，怎麼也卡不住。

「叱——」厚實的鐵尺與岩壁摩擦出一道火星紛飛的火線。我趴在幾乎是完全豎直的岩壁上，一路向下急速墜滑，速度越來越快，耳邊是呼呼的風聲，手心被石壁摩擦得火辣辣的，身上的衣服滾燙，似乎要起來一般。

我就這麼一直向下滑，中途只拐過兩個小彎，然後就感覺腳下一空，整個人「嗖——」一聲飛出洞口，接著又繼續向下滑落。

我扭頭四下看著，想要辨認一點影跡，卻只看到無盡的黑暗。我心裏暗想，這下是真的要完蛋了。以這麼快的速度墜落，不摔個粉身碎骨，也死無完屍，絕對不可能僥倖生還了。

這時，我想起了二子，剛才他鬆手墜落時那苦笑的表情。想來，他鬆手的時候，也是非常不甘心吧。我想二子應該已經死了，他是為了我才死的。

二子是一個外冷內熱的人，他表面上對我不是很關心，甚至一開始還偷偷教訓過我，但是，把我失手摔到懸崖下面之後，他愣是半夜摸黑下來找我。他是個膽小鬼，看到我執意要進入古墓深處，他雖然不是很樂意，但還是陪我走了下來。甚至他在墜崖的時候都沒有罵我一句，不罵人，那簡直就不是他的性格。他就那麼走了。不過，他不會孤單太久了，因為，現在我也要來陪他了。

這個時候，我覺得自己真的很沒用，我本來是來救姥爺的，但是，到了現在，我不但連姥爺的面都沒有見到，還搭上了二子的性命。我開始後悔自己不聽二子的話，一直那麼堅持，要不然的話，至少現在我們都還沒有死。

每個人都是怕死的，但是現在我卻不怎麼害怕了，因為，我突然感覺好累好累，好想閉眼睡一會兒，什麼都不管，什麼都不看，任由一切天昏地暗，就讓我睡個天荒地老。

我還沒有想完的時候，腳下猛然一軟，接著「撲通」一聲悶響，我掉進了一堆鬆軟的東西中，如同海綿一般延緩了我下墜的速度，讓我愣是沒有摔死。

我正在慶幸的時候，卻嗅到一股刺鼻的惡臭傳來，我嘴巴裏很快被塞進了一大口惡臭腥苦的東西。

「咳咳，呸呸！」我用雙臂護住腦袋，在那堆腥臭的軟泥裏鑽騰了半天，接著手腳並用，拼命想往外爬。

我掉下來的時候留下的那道陷坑還在，很容易就找到了原路，爬到了地面，我一邊抖動身體，把身上的臭泥抖掉，一邊擦臉吐口水，同時四下查看，發現四周是一大片磷光茫茫的地面。

這時，我身邊傳來一陣簌簌的響聲，我低頭借著磷光一看，赫然發現地面上匍匐著無數老鼠。這些老鼠顯然被我驚動了，這時正潮水般的四散逃跑，有的還吱吱叫著。

這些老鼠一散開，地面上就看得更清晰了。我低頭仔細去看，接著用腳踩了踩，又捏了一下這些髒泥，這才明白磷光的來源。

原來此時我腳下所踩的，是一層厚厚的老鼠屎。老鼠屎和蝙蝠糞，在中藥裏叫做「夜明砂」，就是因為這種糞便在空氣中放置久了之後，會發出微光。

我面前不到十米遠的地方，就是豎直向上的懸崖，背後是一座高高隆起的、饅頭狀的巨大磷光山包，山包上微光閃動，如同漫天星雲一般。我猜那座山包也是由夜明砂累積而成的，山包上應該也爬滿了老鼠。

我沒有想到懸崖下面居然會有這麼多老鼠，這裏簡直可以用「鼠山」來形容。我向左右看看，發現兩邊都是望不到頭的磷光地帶，也就是說，這條山谷裏遍佈老鼠，這裏是老鼠的王國。

我開始思索接下來的行動對策。我走到岩壁下面，發現垂直的岩壁很光滑，於是放棄了爬上去的想法，又轉身向鼠山走去，想翻過鼠山看看那邊是什麼情況。

我抬腳向前走去，每一腳下去都會踩到老鼠。老鼠被我踩得吱吱尖叫，有的落荒而逃，有的則直接被踩入夜明砂之中，不知死活了。夜明砂的磷光照耀範圍極小，不是到了近處，根本就看不到，所以，我在懸崖上的時候，看不到下面有亮光。

我向前才走了幾米遠，就聽到側面傳來一聲嘆氣聲。

「唉——」

我一驚，扭頭向側面看去，發現根本就沒有人。但是如果沒有人，哪裡來的嘆息聲呢，難道有鬼？

我連忙微眯起眼睛，用姥爺教過我的方法，想查看一下是不是真的有什麼古怪，但是一看之下，也沒有發現異常。

這就奇怪了，我不相信自己聽錯了，因為我的耳朵特別靈，不可能聽錯。好奇之下，我抬腳向側面走了走，想看是不是有什麼東西藏在土層裏。

走了十幾米之後，我見到的依舊只有老鼠和老鼠糞，除此之外什麼都沒有。難道我真的聽錯了？我只好繼續向鼠山頂上走去。

就在我轉身的當口，眼角忽然一閃，我看到，就在身後不到三米的地方，站著一個黑影。

「誰?!」一個人影突然間悄無聲息地出現在自己背後，任誰都會本能地驚駭。我一縮身，把手裏的尺捏緊了，驚聲問道。

「哇呀呀呀呀——」

那個黑影全身一抖，接著就全身上下亂撓，嗷嗷尖叫著。

猛然看到那個黑影的那個舉動，我還以為這是一個類似鐵骷髏那樣的怪物，立時全身寒毛豎了起來，也不敢糾纏，轉身就往鼠山上跑。

「別，跑——呸呸，呸呸——」

跑了沒兩步，我聽到後面傳來了一個沙啞的聲音，我一愣，立刻匆忙回身，向那個黑影跑去，直至近前，才有些不敢置信地問道：

「是二子嗎？」

「是，是啦，你娘的，癢死老子啦，這是什麼鬼地方，怎麼我昏迷了一會兒，全身都爬滿了蟲子？」

二子一邊抓撓著，一邊掏出火柴點亮，然後舉火看了看我，也讓我看清了他的面孔。我彎腰劃拉了幾下，堆起了一堆乾燥的鼠糞，點著了起來。

火堆點著之後，有了光線，我們立刻感覺舒服多了，彼此打量著，眼神中都是不敢置信，有一種久別重逢的驚喜。

「你沒死？」

「你怎下來的？」

我們兩個人一齊問出了聲，接著又一起指著對方說：「你先說。」

我們一對掌，一起跌坐在地上，哈哈大笑起來。

「娘的，我就說我會得到報應，你看吧，在山頂的時候，我把你扔到懸崖下面去了，這不，一回頭，我又因為你墜了一次崖，這還真是報應啊。小師父，你說是不是？」笑夠了之後，二子有些自嘲地說道。

「嘿嘿，我也是報應啊，我一直拉著你跟我走，結果你掉下來之後，我也下來了，本來還以為要和你一起死了。」我看著二子笑道。

二子愣了一下，接著很認真地問我道：「小師父，你不會是因為我墜崖了，心裏內疚，故意跳下來尋死的吧？」

「你以為我腦子壞掉了麼？」我有些氣結地笑了一下，「我是被那個屍貓暗算了，才掉下來的。」我看了看四周，除了我們蹲著的這塊地方之外，到處都是吱吱叫著、不停爬動的老鼠，於是站起身，對二子說道：

「這裏應該就是養老鼠，給那些野狸貓提供食物的地方。這裏應該有通道通到上面，不然的話，這裏老鼠再多，那些野狸貓也吃不到。」

「這可不一定，那些野狸貓的爪子很厲害的，說不定會爬牆呢，牠們能走的路，我們可不一定能走。」二子很認真地對我說道。

我點了點頭，對二子說：「我們沿著岩壁找一找，說不定能找到那些野狸貓爬下來的地方。」

二子聽到我的話，沒有動，喘了口氣，把身上的老鼠糞撣了撣，掏出已經擠扁的菸盒，點了一根菸，悠然地抽了起來。

「呼，奶奶的，真累了，小師父，老子可是把半條命都交給你了。嘿嘿，說實話，我二子活了這麼大，還是頭一回這麼厚道呢。」二子悠閒地吐了一圈青煙，半躺著看著我，「小師父，我勸你別找那些狸貓爬下來的地方了，找到了，就算能上去，對我們也沒用。」

我問二子為什麼。二子撣了撣菸灰，心情很放鬆，絲毫沒有害怕的神情。敢情這傢伙一路走過來，怪事見多了，膽子也變大了，對這些鬼鬼怪怪的東西不再那麼害怕了。

「小師父，你想啊，懸崖這麼高，我們就算再爬上去，是不是也沒辦法再繼續往前走了？你總不能飛到懸崖對面去吧？你說是不是？」

我很同意他的觀點，但是我擔心姥爺，急於找到出路，所以有些焦急地對二子說：「那我們翻過這座鼠山，看看對面的崖壁有沒有路上去吧，說不定到了那邊，就能找到上去的路了。」

「嘿嘿，小師父，你別逗了。」二子瞇眼笑了一下，「你知道這懸崖有多高嗎？你覺得就這麼屁大點地方，能有那麼長的階梯或者通道通到懸崖頂上去麼？照我說啊，這糞堆翻過去，應該就到了古墓的盡頭了，再沒有路了。這古墓他娘的能有多大？我們走了有多久了你知道麼？要是再往前走的話，我估計咱們都要走到淮河邊上了。」

我皺眉想了想，點了點頭，但還是不甘心，想到鼠山的另外一面看看情況。

二子見我著急的樣子，一把將我拉住，讓我坐下，然後自己也坐下來，一邊抽菸，一邊對我說道：

「小師父，你先不要著急。有句俗話怎麼說來著，磨刀不誤砍柴工，咱們啊，現在就是磨刀。他娘的，自從進了這個鬼地方，咱們一路上遇到這麼多怪事，趁這個當口，咱們也該理一理，合計合計，合計清楚了，咱們再出發也不遲。你說是不是？其實啊，照我說，像你那樣顧頭不顧尾一路猛衝，不是個辦法。畢竟這是古墓，不是咱們家裏是不，咱們對這個地方不瞭解，怎麼就知道沒走錯路呢？」

我覺得二子話裏有話，就直截了當地問他到底是什麼意思。

「什麼意思？嘿，這個，說白了，小師父，我覺得啊，咱們從一開始，應該就走錯路了！」二子撇嘴說道。

我聽他這麼說，更加疑惑了，於是靜等他的下文。

「嘿嘿，小師父，你們都是神人，高深莫測，就說我表哥吧，那也是有大學問的人，在你們面前，二子我就是土鱉一個，從小沒念過書，斗大的字也不認識。我在家的時候，也就是種地打獵，沒見過什麼世面。」

二子先來了一堆廢話，聽得我肺都快憋炸了。

見到我不耐煩的神情，二子這才吐了口煙，眯眼看著我說：

「你聽我說。你看啊，我們一開始從那個盜洞進來，很快就到了主墓室。後來主墓室的牆壁塌了，然後出現了這麼一條陰森森的隱藏墓道。我們沿著這條墓道走了一段時間了，中間那些怪事咱們先放到一邊不說，你覺得抓走你姥爺的那個壞蛋，有可能是從這條隱藏墓道到古墓底下的嗎？我覺得這個事情，絕對不可能。」

「怎麼不可能？」

這時候，我已經有些意識到，二子的話很有可能是對的，但是現在我們被困在了這裏，所以我很想找個理由辯解一下，希望自己並沒有走錯路。如果真的走錯了路，那我們一直所走的方向壓根兒就不是前往墓室底部的，而是去往一個完全不相干的地方。

「你看，那堵被你弄塌的石壁，一開始是完好無損的吧？正常人是不可能穿牆而過的，特別是他還帶著一個人。所以，我猜，那個壞人壓根兒就沒有走我們走的這條路。」二子瞇眼含笑看著我。

我雖然心裏有些疙瘩，但是也不得不承認他說得很有道理，點頭道：「還有呢？」

「還有，那就更簡單了，我們這一路走來，又是撞鬼，又是被野狸貓追，但是，你有看到除了我們之外，那石林裏還有其他打鬥的痕跡嗎？我就不相信那個壞人不會被野狸貓追，他既然被追了，而且還帶著一個人質，就不可能輕鬆擺脫那些畜生。所以，如果他走了我們這條路，應該也並沒有走出多遠就被我們追上了才對。」二子扔掉菸頭，掏出菸盒，又點了一根。

「而且，最讓人懷疑的，就是這斷崖。你說那個人要是也走了這條路，墓室的底部又是在懸崖對面山崖上的，那他娘的是怎麼過去的？難道他真的會飛不成？你說是不是？」

聽到二子這麼有理有據地一說，我的心情立馬焦躁起來。因為我意識到，自己很有可能搞了這麼大半天，說是要去救姥爺，實際上卻一直在白費力氣。一想到姥爺可能會被狐狸眼害死，我急得手足無措，六神無主，差點哭了出來。

這時，我一直勉強裝出來的堅定成熟的樣子裝不下去了，我就像普通小孩一樣，小嘴一扁，眼角濕了，抽著氣問二子道：

「那，現在我們該怎麼辦？」

「哈哈哈哈哈——」

二子沒有看過我這麼小孩子氣的樣子，竟然忍不住仰頭笑起來，似乎是看到了什麼特別有意思的事情。

「你笑什麼？」我用衣袖擦擦眼淚，有些生氣地問二子。

二子這才停下笑聲，略略正色地看著我，把我一把拉過去，說道：「好啦，小師父，你是神人，是男子漢，就不能流眼淚，嘿嘿，多大的事情？路走錯了，我們再走回去，找到對的路不就行了嗎？」

「我姥爺在他們手裏，我又浪費了這麼多時間。」我抹著眼淚，懊悔又害怕地對二子說道。

「嘿嘿，那就更不用急了，急也沒用，反正你也不會飛不是？現在啊，我們只能聽天由命了。來，你試試這個，可以鎮定心神的。」

二子說著，竟然把手裏剛抽了兩口的菸塞到了我的嘴裏。

我首先嗅到一股嗆人的草木灰味，接著就想咳嗽，連忙學著二子的姿勢，用手指夾著紙菸，離開了嘴邊，對二子說道：「我不抽菸，我還是小孩。」

「小孩怎麼了？是男人就得抽菸，放心，你抽吧，沒關係的，抽。」二子又把紙菸塞進我嘴裏。

我被他說得也有了些氣，竟然真的含著菸狠命吸了兩口，然後就被嗆得劇烈咳嗽起來，滿臉都是眼淚鼻涕。

「哈哈哈。」二子見到我的樣子，又開心地笑了起來，這才有些壞壞地低頭問我：「想不想知道我是怎麼想的？」

「你覺得我不像個男子漢？」我抬頭看著二子。

「嘿，你怎麼說這個了，小師父，你是男子漢，我認為，你是這個——」二子說著，對我豎了豎大拇指，很認真地說道，「沒得說。」

「那你在想什麼？」我好奇地問道。

「我覺得，那個壞人應該是通過別的通道走到墓穴底部的。我們進來的時候走的那個盜洞是障眼法，那是用來騙那些專家的。他們之所以這麼做，真正的目的，應該就是為了隱藏真正的墓室。也就是說，這個古墓，是墓中套墓的，絕對是個不簡單的地方。」二子一本正經，振振有詞地說道。

我到現在為止，才開始正視二子這個人。

說實話，一開始見到二子的時候，我對他的感覺非常不好，覺得這傢伙滿肚子壞水，一個五大三粗的漢子，還猥瑣地恐嚇小孩子，而且膽子那麼小。我一直以為這個傢伙是個沒有頭腦的笨蛋，但是現在，我不得不承認，這傢伙表面上看起來大大咧咧的，好像沒心沒肺，其實什麼事心裏都是一清二楚的，不含糊。

二子分析了這麼一番，我已經有些洩氣了，不由得垂頭喪氣起來。

我的神情被二子看在眼裏，他只是瞇眼笑了笑，悠閒地抽著菸，繼續說道：

「小師父，我承認你跟著老神仙學了很多厲害的東西，不過嘛，從你這做事的方式，就是初生之犢不怕虎的孩子心性，做事的時候不會分析情況。所以啊，你就得走很多彎路。」

我被二子教訓得一愣一愣的，好半天才緩過氣來，問他道：

「那你說，現在我們到底要怎麼辦？」

「嘿嘿。」二子笑了笑，沒有說話，而是繼續磨練我的耐性，說道：「別急，我的話還沒有說完呢。」

看到二子一臉悠然自得的神情，我真想上去掐他兩下，但是自己也沒有了主見，只好耐著性子，繼續聽他廢話。

「這一路走過來，你有沒有發現什麼可疑的地方？」二子瞇著眼睛，滿臉意味深長的表情問我。

「有什麼可疑的地方？」我好奇地問道。

二子仰著臉掰著手指，數道：

「第一件，棺材卡在洞口。你說是棺材想要自己回到墓室裏，我覺得這個解釋很不合理。第二件，我表哥神經兮兮地說什麼那個女鬼喊著要他去救。這個事情怪就怪在，那個女鬼應該就是睡在那只棺材裏的，那為什麼他看到那個棺材，一點反應都沒有呢？難道說，女鬼所在的地方不是在棺材裏，是在別的地方？那個壞人不是要吸乾她的陰元嗎？按理來說，我們找到那口棺材的時候，就應該已經找到那個女鬼了，而既然找到女鬼了，那麼那個壞人應該也就在附近，你姥爺也離得不遠，你說是不是？」

聽二子這麼一說，我立刻意識到，自己可能犯了一個極大的錯誤。如果那口棺材就是我們要找的東西，我們壓根兒就是錯過了正主，被騙到了這個鬼地方來瞎折騰。

訊。

二子說的這兩個疑點，點醒了我。我開始仔細回想我們一路走來所追蹤的資訊。

第一個，自然就是林士學夢到的情況。一開始，我們都覺得林士學夢到的肯定是沒錯的，所以一直跟著他往前走，認為那個女鬼和那個壞人是在古墓底部。但是，按照林士學的說法，他做夢那會兒，女鬼已經被壞人控制了。那麼，既然壞人可以控制女鬼，他自然也就可以操控女鬼給林士學托夢，來誤導我們的行動。

再有一件事情，就是我之前就已經存在的疑問，關於那個白飄。

那個白飄應該和這個古墓沒有什麼關係，它原本也不應該會給我引路，但是，後來卻證明它引導的是正確的路，這就極其讓人費解了。假設白飄是和古墓有關的鬼魂，如果它是有所求，故意把我們引過來，它就應該一路把我們引到底，而不應該半途而廢，可是，自從我們進入古墓之後，那個白飄就再也沒有給我們引過路，甚至沒有再出現過。這又是怎麼回事？

第三點，就是林士學最後逃跑的時候，到底是往哪個方向跑的。

按照二子的說法，他是沿著原路返回的，但是我卻在夢裏看到他被冥婚花轎帶走了，而且是朝向墓道底部的。如果真是這樣的話，這墓道底部根本就是一處絕路，冥婚隊伍可以過去，可是林士學一個大活人怎麼過去？如果林士學真的是朝墓道底部逃跑的，他應該也會掉在懸崖下面才對吧？

現在我覺得，二子說林士學原路返回，應該是對的，林士學那個時候可能發現了什麼異常，或者受到了什麼指引，明白我們走的路錯了。

這些疑點擺在面前，雖然還不能說明什麼，但是至少從側面證明了我們此行的失誤。既然我們已經是板上釘釘的錯了，那麼剩下的唯一一個疑問就是，那個女鬼和我姥爺到底在哪裡，那個壞人又在哪裡？我們到底要到什麼地方去，才能找到他們？

二子聽了我的問題，神色有些凝重地問我：

「小師父，我問你一個事情，這個事情我不知道到底是不是我的錯覺，我只是這麼一問。」

「什麼事情，你說。」

「那個，我們進入墓道的時候，他娘的門口不是卡著那口棺材嘛。」二子臉上現出了不忍回想的表情，他咽了咽唾沫，繼續說道，「一開始，你們兩個先爬進去啦，後來我想要先方便一下再進來找你們。」

「別胡扯了，你是想逃跑，都這個時候了，說出來也不丟人。」我看二子死不承認自己的醜事，直接把他揭穿了，找回了一點心理平衡。

「好吧，嘿嘿。」二子厚著臉皮訕笑了一下，「總之不管怎樣，我是先往後面走了走，然後，你猜怎麼著？他娘的，我真的看到有吊死鬼，白乎乎的掛在樹上，當時我就扛不住了，嚇得屁滾尿流地往墓道裏鑽。嘿嘿，不過，你猜又怎麼著？」

「又怎了？」我皺眉問道。

「他娘的，那時候我太害怕了，所以沒有在意，還以為是那個吊死鬼在作怪，但是現在想想，我覺得這個事情才是關鍵。」二子緊皺著眉頭，微微靠近我，低聲說道：「我爬那個棺材的時候，好像聽到裏面有人在撓棺材壁。」

「嗯？」聽到二子的話，我猛然一怔，一下子從地上站了起來，兩眼直直地看著前方，也想起了自己爬棺材時聽到的聲音。

當時我還以為是女鬼在抓撓棺材壁，但是現在想來，我心裏卻想到了一個讓我感到極為害怕的可能性，當時，那口棺材裏面躺著的「人」，很有可能不是那個女鬼，或者至少，不光只有那個女鬼，姥爺和那個壞人可能都在棺材裏面躺著！

按照林士學的說法，當時那個女鬼已經被壞人控制了，所以，女鬼應該是不能動彈的，無法再撓棺材作怪才對。但是我們又都真切地聽到了撓棺材壁的聲音，那麼唯一的解釋就是，那是姥爺在撓棺材壁，在向我們發出求救的訊息！

靠！所有線索連在一起，都指向了一個事實，我突然意識到，由於我的疏忽，犯了這麼大的錯誤，不但亂繞了這麼多彎路，而且還錯過了救出姥爺的最佳機會！

我心裏，真是腸子都悔青了。我覺得自己簡直就是一頭笨豬，是個沒事瞎指揮的混蛋，是我把所有事情都搞砸了！

第二十章

墓中墓

這座古墓確實是一座墓中墓，這樣的設置，是為了防止盜墓。
一般來說，盜墓的人很難想像，在一個古墓的後面還有一個更大的古墓。
這座古墓真正的主人，生前必然是一位位高權重又陰險狡詐的人。

見到我自責的樣子，二子的表情也很凝重，他輕輕捏捏我的肩頭，對我說道：「好了，你也不要太難過了。你畢竟是小孩，猜不透壞人的手段也是正常的。」

聽到二子的話，我又是一愣，扭頭看著他問道：「你也猜到了？」

「嘿嘿，我吃過的鹽比你吃過的米還多，你都猜到了，我怎麼可能猜不到呢？你說是不是？」二子瞇眼看著我笑道。

我看著二子，發現這傢伙現在還是一身輕鬆，這可真是應了那句話：事不關己，高高掛起。我也不知道該說什麼了，開始沿著岩壁摸索，想找到可以上去的路，快點回到洞口去。

按照林士學的說法，那個壞人正在吸取那具女屍的陰元。那具女屍想必是在養屍地停留了很長時間，再加上陰魂尺護體，有很深厚的陰元之氣。在山谷裏的時候，那具女屍爆發的陰氣那麼強大，想必也是因為她擁有強大的陰元的緣故。

狐狸眼是姥爺的師弟，也就是那個玄陰子的手下，修煉的是陰派功法，很需要陰元之氣，所以，碰到這麼一個上好的陰元之體，狐狸眼肯定是不會輕易放過的。

這個時候，我已經基本明白姥爺當年所在的陰陽師門派的情況了。陰陽師門派，一個地處中原地帶的神秘而古老的鬼事門派，門派內的成員基本分成兩支，一支修煉陽功，一支修煉陰功。姥爺的那個師弟，就是陰陽師門派現任掌門玄陰子，是修煉陰功的。修煉陰功需要吸陰氣，增強功力。我不知道狐狸眼要怎樣吸取陰元之氣，更不知道他現在有沒有吸取完畢。

按照我們進入墓道之後的時間估計，我猜測這傢伙就算吸取得再慢，現在也應該已經差不多把那具女屍的陰元吸收完了。那傢伙吸完陰元之後，應該不會在古墓停留太久，他應該會帶著姥爺調頭去找羊頭怪人。

狐狸眼很想搶奪我手裏這把陰魂尺，據說這是他們陰支的鎮派之寶。原本他以為羊頭怪人可以輕而易舉地抓住我，所以他才會這麼悠然自在地抓住了姥爺，還帶著他去了古墓，去找女屍。狐狸眼到現在為止，應該還不知道那個羊頭怪人已經被我和二子給幹掉了。這是不幸中的萬幸。

這時，我真的很慶幸當時心狠，要是沒有把羊頭怪人一擊致死，讓他逃回去，把消息帶給狐狸眼，以狐狸眼的狡猾奸詐，肯定會想出很多陰狠手段來對付我們的。他之所以抓住姥爺，不也是為了威脅我，讓我交出陰魂尺嗎？

現在，狐狸眼回頭去找羊頭怪人，如果找不到或者發現了羊頭怪人的屍體，他肯定會猜到是怎麼回事。這麼一來，狐狸眼就不會再輕易出來和我們正面作戰了，而是會躲在暗處想辦法使陰招對付我們，形勢明顯對我們不利。

我突然一個激靈，又想到了一件事。我手裏這把陰魂尺，可以對付一切活的生命，上面鏤刻著一些奇異的圖案，通體黝黑，厚如米粒，異常堅硬，尺的一端有一個指頭大小的圓形凹陷。

我第一次見到這把尺的時候，就覺得很眼熟，因為姥爺也有一把幾乎一樣的尺。那把尺，姥爺並沒有告訴我叫什麼名字，但是他說那把尺可以對付鬼魂，我拿在手裏的時候，也能感應到尺裏所含的陰魂之氣。

兩把幾乎一模一樣的尺，一把剋鬼，一把剋人。陰陽師門派的兩個分支，一個陽派，一個陰派。玄陽子，玄陰子，鎮派之寶……

綜合這一路的所見所聞，我在腦海裏一琢磨，又想通了一件非常重要的事情。

狐狸眼抓住姥爺，並不是為了威脅我，讓我把陰魂尺交出來，他已經派羊頭怪人來向我搶奪了，而且志在必得。他抓住姥爺，是為了逼迫姥爺交出手裏的另外一把尺，應該叫做陽魂尺。

陰陽師門派的陰支和陽支，應該各自擁有自己支派的鎮派之寶，陰支的鎮派之寶，是我手裏的這把陰魂尺，而陽支的鎮派之寶，應該就是姥爺手裏的那把陽魂尺。

我猜，陽魂尺和陰魂尺對於陰陽師門派的弟子來說，不光是很厲害的法寶，還相當於號令門派的信物。玄陰子想掌握整個陰陽師門派，所以他一直在尋找陰魂尺和陽魂尺。陽魂尺當年被姥爺帶走了，不在門派裏，這個很好解釋。但是，陰魂尺是陰支的鎮派之寶，為什麼被藏到了古墓裏，甚至被藏在女人的身體中，我就想不通了。

沒有陰魂尺也沒有陽魂尺，玄陰子的這個掌門，想必當得不是很順心，所以他才會全力尋找失落的鎮派之寶。

狐狸眼是玄陰子的高徒，而且似乎還很有背景，他多方查探，大概查到了陰魂尺的下落，知道陰魂尺被藏到了古墓裏，所以他才找了當地的盜墓賊，讓他們幫忙挖這座古墓。

那些盜墓賊按照他的要求，把古墓裏的棺材偷出來，埋在山谷裏，於是就有了狐狸眼翻查棺材找東西的場景。不過狐狸眼運氣不好，沒有找到想要的東西，所以惱羞成怒，就把那三個盜墓賊都幹掉了。

事情的來龍去脈基本清楚了，狐狸眼的目的我也已經猜到了，我反而放下心來，因為我知道，狐狸眼是絕對不能從姥爺手裏拿到陽魂尺的。沒有得到陽魂尺，陰魂尺又被我拿走了，所以，狐狸眼在拿到這兩把尺之前，應該不會殺害姥爺的。

想到姥爺暫時是安全的，我的心情放鬆了一些，不再像剛才那麼緊張了，笑嘻嘻地回頭對二子說道：

「事情既然都已經這樣了，我也就不著急了，愛怎地怎地吧，反正我也只是個小孩，我盡力了。」

我回過頭去時，卻發現地面上老鼠成堆，篝火還紅紅地燃燒著，但是火堆邊卻沒有了二子的身影。這傢伙，居然不見了。

我心裏一驚，有些驚慌地四下尋找二子。找了半天，也沒有看到這個傢伙在哪裡，我忍不住喊了幾聲。

我的喊聲落下之後，就聽到不遠處的山包上，傳來一陣嘿嘿的冷笑聲。

我抬頭看去，看到山包頂上有一個影影綽綽的黑影，彎著腰在那裏一動一動地扒挖著什麼。我心裏雖然疑惑，但是斷定那肯定是二子。我心裏一鬆，捏著陰魂尺就向山包上跑去，想要看看這傢伙在搞什麼鬼。

「二子，你幹什麼？」我走到二子身後，喊著問他。

這時，他背對著我站著，依舊在彎腰挖著什麼，不時還發出嘿嘿喀喀的聲音，像是壓根兒就沒聽到我的喊聲。我有點生氣，彎腰抓起一把夜明砂，準備撒向這傢伙的腦後。

由於距離篝火堆已經有些遠了，而且他站在高處，背對著我，我個頭兒矮，仰頭看著他，就看到一個黑色背影。我之所以執意認為他就是二子，是因為，我覺得這個山谷裏除了我和二子，應該沒有其他人。

可是，正當我準備把夜明砂撒到面前這個人的後背上時，身後卻突然傳來了一聲呼喊：「小師父，你在哪裡呢？」

我渾身一震，回頭一看，赫然看到下面的火堆邊，居然站著二子。一前一後，站著兩個人，我全身立時起了一層雞皮疙瘩，感到有些發冷。

火堆邊的那個二子我可以清楚地看到他的臉，他的右手正舉著一個東西對我揮舞著，確實是真正的二子。那麼，我面前的這個人，又是誰？

這個幽深黑暗的山谷中，竟然會憑空出現一個身分不明的人，我心裏的糾結感覺，可想而知有多麼強烈了。我驚得兩腿陷在夜明砂裏，連拔腿走動的力氣都沒有了。

我定睛注視著面前的這個黑影，越看越熟悉，越看越詭異，越看越——

就在我正豎著頭髮，猜測黑影的身分時，黑影「嗒嗒嗒」一陣響動，停止了扒動，直起了身子。

在黑影直起上半身的一剎那，我赫然看到黑影的後腦勺上，貼著一張人偶一般的素白色人臉。那張人臉被披散的黑髮遮擋著，看不清楚，只是在一瞥間，我看到黑髮下，是一張陰森笑著看著我的女人臉。

被這個女人盯著，我下意識地低喝一聲，向後跳了一步，撒腿就往下跑。

「喀噠噠噠——」

在我逃跑的一瞬間，黑影發出了一陣奇特的怪音，接著一轉身，向側面的山谷急速跑了過去。

我側頭看過去，看到那個黑影手腳細如麻稈，一片黑鐵色，立馬知道這個黑影是什麼東西了。這正是我們在墓道裏看到的那個鐵骷髏。

鐵骷髏當時是自己沿著墓道跑進來的，現在想來，我突然覺得這可能並不是真正的鐵骷髏，而應該是一具骨頭發黑的真人骷髏。而這具黑骷髏的魂魄，可想而知，就是貼在背後的那個白飄。

白飄的謎團總算解開了。

我猜那個白飄生前應該也是怨恨而死的，而且很有可能她是被活活勒死，當成了鬼臉蜈蚣的巢穴。這個人這樣死去，其鬼魂怨氣可想而知有多麼強烈。

但是鬼魂怨氣要依附屍體才能駐留並強大，那個白飄的屍首被當成了蜈蚣巢穴，最後被啃噬得只剩下一具黑色骷髏了。這樣的骷髏自然不利於魂魄的依附，所以那個白飄的初始怨氣，雖然有可能比冥婚的女屍還要強大，但是年月日久之後，卻也漸漸淡去，只淪為一個意識淡薄的白飄了。不過那個白飄還有怨恨，而且極有可能是在怨恨墓主人，所以她引導我們找到古墓，想讓我們對墓主人不利。

我們推倒了石牆，引出了那些鬼臉蜈蚣，釋放了她的骷髏，對她來說，或許是一個意外收穫。

她得到骷髏之後，魂魄就依附了上去，用怨氣驅動骷髏走動，這也就解釋了為什麼我們進入墓道之後，白飄再也沒有出現給我們引路。

這具黑骷髏想必也是跑到了墓道盡頭，失足掉下懸崖的。只是，她這麼呼啦啦地亂跑，到底是想要到哪裡去？她剛才在山包上扒拉著，是在挖什麼東西？

心裏帶著疑問，又見黑骷髏轉過山包跑遠了，我猶豫了一下，停住腳步，招手對二子喊了一聲，走到剛才黑骷髏挖坑的地方。

我低頭一看，發現夜明砂上被挖出了一個大坑，坑裏黑乎乎的看不真切，但是隱約可以看到兩個白乎乎的東西。我沒敢上去試探，招呼二子把火把拿過來。

二子找了個長石條，撕下衣角布片，包了一大包乾燥的夜明砂，做了一個火把拿在手裏，走過來問我道：「幹啥呢？」

「你剛才幹啥去了？」我轉身居高臨下地看著二子，反問他道。

「我不是幫你摸岩壁找路去了嘛，走得遠了一點。你看，我撿到了一個東西。」二子從懷裏掏出一樣東西，在我眼前晃了一下。

我仔細一看，那是一塊圓形乳白色的半透明石頭，隱隱發出淡淡的光芒，樣子很奇特，就問他道：「哪裡來的？這是什麼東西？」

「嘿嘿，小孩子，不懂了吧？告訴你吧，這是玉璧，嘿嘿，看這成色，絕對是上等貨啊。哈哈，這下老子真發財了，沒想到隨手劃拉都能搞到寶貝。娘的，這次來這古墓，賺了。」二子滿心歡喜地把玉璧收進懷裏，「你在這兒幹啥呢？」

「還記得那個黑骷髏不？」我問二子。

「嗯，又出現了？」

「出現了，就在剛才，還在這兒挖坑來著，不知道埋了什麼東西。你過來照亮看看。」我讓開了身子。

二子上前舉火一看，立刻訝異道：「嘖嘖，這是什麼東西？是燈嗎？」

我看到坑裏躺著一對白色小人，小人是用白色紙做的，每一個小人大概有半尺長，頭小肚子大，腦蓋被掀開了，吊著線，透過腦蓋的窟窿往裏面看，可以看到一隻竹筒做成的黑色酒杯一樣的東西，裏面似乎還有一些黑色油狀物。

二子伸手拎起一隻小人，很開心地笑道：「真的是燈籠，看樣子還能點亮，嘿，小師父，這下咱們有救了。」二子放下火把，把小人燈籠拎在手裏，劃著火柴，伸到小人肚子裏去點火。小人肚子燃起一束燈火，悠悠晃著，發出淡青色的光芒。

「哈哈，搞定啦，小師父，來，這個你用尺挑著，另外一個我拿著備用。」二子把小人燈掛到了我的尺上。

我掂了掂，覺得很輕，舉起來四下照了照，這才真正看清了四周的情況，不由得有些反胃。

小人燈亮起，夜明砂的光芒就完全顯不出來了，在燈光照耀下，遍地都是竄來竄去的老鼠和老鼠的屍體。我腳下的這個山包，不光是由老鼠糞堆成的，更多的是老鼠的屍體。

老鼠糞，老鼠骨頭，老鼠皮毛，堆積成黑壓壓的一大片，我只覺得自己到了另外一個世界，這個世界裏，老鼠才是主人。

「呸，真夠噁心的。」二子呸了兩口，「小師父，別看了，我們出發吧。」

「往哪兒走？」我問道。

「還能往哪兒走？追那個黑骷髏唄。」

「為什麼？」我好奇道。

「廢話，人家把燈籠都送給我們了，說明樂意幫助我們，咱們跟著走就是了。」二子白作主張地一抬腳，沿著山包斜跑下去，我也只好跟了上去。

我們轉過由夜明砂堆積而成的山包，大約走了上百米，來到一處懸崖峭壁的下面。

我們站在距離崖壁大約十幾米的地方，挑燈向上看去，發現崖壁通體是灰白色岩石，不知道到底有多高。

在我們正對面，可以看到一條黑色木頭軟梯從崖壁上面垂了下來。軟梯繩索朽壞，木板脫落，耷拉在崖壁上，看樣子是不能再用了。

二子皺了皺眉頭說：「從這裏可以爬上去。」

「這個會斷吧？」我猶豫地問道。

「嘿嘿，那個骷髏不是從這裏爬上去了麼？它這是在給我們引路，它能上去，我們應該也能上去。」二子躍躍欲試。

「我先爬，我身子輕，先試試路，你在下面幫我守著，萬一我掉下來，你把我接住。我們不要一起爬，不然真的會斷了。」

我攔住了二子，把小人燈遞給他拿著，只插在腰裏，拉了拉軟梯，這才發現繩子很結實，不知道是什麼材料製成的。

我放心大膽地爬上去，軟梯上面的木板沾滿了灰塵。軟梯晃動的時候，灰塵簌簌地往下落，我滿頭滿臉都是灰，眼睛都睜不開，只能眯著眼睛悶頭往上攀。

好在我身體健壯，手腳麻利，而且現在我的身體機能有了很大提升，不一會兒，我就已經爬到崖壁上了。

我站起身，發現四下黑乎乎的看不清楚，只感覺腳下是一片堅硬的石頭。

我回身趴在崖邊往下看，能看到二子提著的小人燈還在閃閃晃晃的，就喊他上來。二子把小人燈掛在腰上，抓著軟梯子也爬了上來。

我們正站在懸崖的邊上，往前數十米，又是一處豎直向上的黑色岩壁，隱隱約約還能看到岩壁底部似乎有一個拱形門。

想來那條軟梯原本是搭在這兩處懸崖之間的，後來因為年月日久，從中間斷掉了，就拖到了山谷裏，正好方便我們爬上來。

看清楚環境之後，二子點了一根菸，說道：

「差不多找到正主了。奶奶的，我就說這古墓不正常，你看，這裏又有個門，等下進去了，說不定有一大堆寶貝可以拿，這次真的要發財了。」

我心裏很佩服二子的推理能力。他不知道冥婚鬼嫁的事情，居然通過這一路的見聞，硬生生推測出了這座古墓是一座墓中墓。

這座古墓確實是一座墓中墓，因為這是一座冥婚墓。只是，這座墓的墓主人更加陰毒，他死了，不但讓一個女子給他陪葬，還把自己的靈柩埋在深處，讓那個女子的靈柩在外面的疑塚裏給他守大門。

這樣的設置，是為了防止盜墓。一般來說，盜墓的人很難想像，在一個古墓的後面還有一個更大的古墓。這座古墓真正的主人，生前必然是一位位高權重又陰險狡詐的人。

我和二子準備去這個傢伙的墓室裏逛逛，反正都已經走到這裏了，過門而不入，那也太可惜了。我們經歷過這麼多怪事，接下來再有什麼詭異的事情發生，我們心理上也有準備了，沒那麼害怕了。

我們挑燈來到拱形門外，卻發現剛才神出鬼沒的黑骷髏，此刻正坐在石門前的地上，面朝石門，兩隻細長的手臂保持著推動石門的姿勢，似乎是想把石門推開進去。

二子悶哼了一聲，嘴裏叼著的菸頭掉到了地上。

「這，這是怎麼回事？這個骷髏想要進去？」二子結結巴巴地問道。

我挑起小人燈四下找起來，因為，我發現骷髏上面附著的白飄不見了。

我確定那個白飄不在附近之後，對二子說道：「這裏應該是真正的主墓室，我們要不要進去看看？」

「那是必須的。」二子壯起膽氣說，「這個石門太重了，八成不好進去，我聽說古墓的石門都有抵門石，關上了就推不開的。」

「那我們別耽誤時間，先想辦法出去吧。」雖說姥爺暫時是安全的，不過我還是不放心。

「想出去也不容易啊，小師父，你沒看我們的後路已經斷了嗎？」二子回頭看了看懸崖，無奈地說道。

「那怎麼辦？」

被二子這麼一提醒，我立時意識到了這個非常嚴重的問題。是的，我們設法到達了古墓底部，但是現在後路斷了，要怎麼回去呢？難道說，還要爬下軟梯，再到對面的崖壁找上去的路，再爬上去和那些狸貓幹一架，才能出去嗎？這樣太浪費時間了！

我緊皺眉頭，看著黑色石門，心裏不由得一陣憤怒，心想這他娘的到底是什麼人啊，搞個這麼複雜的墓。

「我們不走了。」我對二子說，「既然來了，就不能便宜這死鬼。」

我從腰裏拔出尺，來到石門前，看看門縫，發現有些微微分開，中間露出了不到半釐米的小縫，心說這是上天注定這個死鬼沒好下場，怪不得別人了。

二子跟著我走了過來，看到石門上的縫，也是兩眼放光，喜道：「嘿嘿，有門！」他就要來拿我手上的尺，「給我，我來撬，我力氣大。」

我縮回了手，沒有把尺給二子，說道：「我這把尺是凶器，你不能亂拿的。你放心吧，我會弄，我在家經常挑門閂的。」

那時候農村都還是草屋房子，房門是厚實的木頭做的，門外面有拉環，可以上鎖，裏面用門栓，就是一條木頭，左右卡在門口的榫卯裏，讓人從外面推不開門。

小時候我很頑皮，經常偷偷出去玩，爸媽不知道，就會把門拴上。我回來時就用木片或者鐵片伸到門縫裏，把門拴挑開，然後推門進去，一點聲音都不會發出來。

石門後面的抵門石是什麼樣子的，姥爺以前就給我講過。抵門石的原理和門閂差不多，但也不完全一樣，抵門石斜靠在門後，一頭扣在門上的凹槽裏，一頭扣在地上的石槽裏，把石門死死抵住。除非能想辦法把抵門石移開，不然的話，就只能把石門砸破，但是石門厚重，想要砸開顯然不是件容易的事。

不過，我們的運氣不錯，活該這墓裏的傢伙倒楣，由於山體下陷，石門微微分開了，給了我們移開抵門石的機會。

我讓二子挑燈照亮，我拿著尺插到門縫裏，上下一劃拉，就找到了抵門石。尺很堅硬，我用尺頂住抵門石的上端，用力一捅，只聽見門後「啪嗒」一聲悶響，抵門石被頂得錯位，歪倒在地上了。

我和二子一起抬腳把石門蹬開了。

「嘎啦啦——」厚重的石門緩緩打開，露出了漆黑的洞口。二子非常興奮地提著燈，還沒等石門完全打開，就想衝進去。

就在這時，突然「喀啦」一聲脆響，癱坐在石門前的那具黑骷髏一傾斜，半身倒進了石門裏。

「我操，忘記這傢伙了，嘿嘿，好咧，你也想進去啊，那你先請。」二子心情很好地調侃了一句。

他話還沒有說完，一陣破空聲從石門裏傳來，緊接著，就在我們兩個人的注視之下，那個半身倒進石門的骷髏身上，「呼啦啦」地被釘上了十幾隻黑色羽箭。

「媽的，還有機關！」

二子驚出一身冷汗，一邊後退擦汗，一邊慶幸自己沒有先闖進去。

我們在門口又等了一會兒，直到石門完全打開，沒有弓箭再射出來，我們這才猶豫地試探著走進去。

「娘的，要是再有機關，老子一定把這裏給炸平嘍，這都他娘的是什麼人，死了還不安生。」二子嘟囔著，走進石門提燈四下一照，立刻止住了聲音，定在了當場。

我跟著走進去，也愣住了。我長這麼大，還沒見過這麼多花花綠綠閃著光芒的東西。

墓室不是很大，前後約二十米長，左右十米寬，但是小小的墓室裏卻堆滿了寶貝。

靠近牆邊的地方，擺放著幾十個長滿了綠色銅銹的四腳、三腿銅鼎，那些銅鼎有大有小，有的方，有的圓，有的扁，有的鼓，鼎身上鏤刻著細緻的花紋，一看就挺值錢的。鼎裏裝滿了寶貝，有的是金黃色的，有的是銀白色的，有的是翡翠綠的，有的是孔雀紅的，還有的是五顏六色的。

墓室中央，除了有一棟小房子一樣的木頭槨室之外，地上擺滿了各種各樣的瓷器和陶器。瓷器有人形的，有馬形的，還有其他各種模樣的，在燈火照耀下光芒閃閃，看著都晃眼。

墓室後牆壁上，放著一排書架，上面擺滿了書。看不清是什麼書，反正我也不認字，就沒有在意。

我看到那麼多寶貝擺在面前，第一個反應就是，如果我把這些東西都賣掉了，肯定就可以蓋大房子，買好多好吃的東西，買好多好衣服穿，可以給姥爺、老爸、老媽每人買一輛小汽車，總之是想買什麼就買什麼。

二子當時的心情大概和我差不多。我好不容易從那些寶貝上移開目光，斜眼向上看他的時候，我發現這傢伙兩眼放射出了狼一樣的光芒，嘴張著，快流口水了。

二子看了老半天，這才咽了一口口水，回過神來，看了我一眼，很大方地對我說道：

「小師父，上吧，隨便拿，他娘的，這狗日的夠有錢的，搞了這麼多東西陪葬，老子這下子不發財，天理都難容！」

二子說著，彎腰撈起銅鼎裏的一塊黃色金屬塊，掂了掂，裝進了口袋裏。我一看二子動手了，也沒閒著，隨手從地上撿了一個瓷小人，在手裏玩了玩，也裝到口袋裏。

寶貝太多了，我們沒多久就把口袋裝滿了。四下看著那麼多東西，都不知道該拿哪一個了。

就在我們正在猶豫的時候，二子突然一提燈，一層晃眼的光芒從槨室前面的一隻銀盆裏散發出來。

我們抬頭一看，發現那銀盆裏裝了滿滿一盆銀白色的珍珠，每一顆珍珠都有龍眼那麼大，燈光一照，光芒璀璨，看著就讓人喜歡。我和二子對望一眼，同時就往銀盆移動。

可是我們走到距離銀盆還有兩米遠的時候，突然腳下的地面一動，一塊石板嘩啦一下翻了上來，露出了一個黑色大洞，我和二子都沒有反應過來，就已經掉了進去。

第廿一章

井底黑洞

我鬆了一口氣，潛下去繼續撬，就這樣反覆撬了不知道多少次，
直到我感覺雙臂酸麻，快要沒有知覺了，
那塊被敲動的岩石突然「嘩啦」一下徹底脫落，
掉進了黑暗的水底，露出了一個黑色大洞。

「啊——」

二子手裏的燈不知道甩到哪裡去了，四周一片黑暗，冷風在耳邊嗖嗖地刮，我揮著尺，四下亂戳，偶爾能碰到一點硬東西，但是都掛不住，最後還是一直掉了下去。我向下墜落了好幾秒鐘，最後才「撲通」一聲，掉進了水中。

我掉進水裏的同時，聽到一陣撲通嘩啦的聲響，似乎有很多東西跟著我一起掉下來了。

水冰冷刺骨，我拼命踩水，好不容易才浮出水面，吸了口氣，扒拉著向前游了一會兒，摸到一處石壁，扒著石壁穩住了身體，這才回頭觀察四周的情況。

我看到了模模糊糊的影子，發現這裏好像是一口井，豎直向上，直徑不到兩米寬，下面的空間不大。

「呼，呼，呸，呸，我操他娘，這狗日的，真陰險！」

二子也從水下冒了上來，一邊吐水，一邊大罵著。二子摸到石壁邊上，穩住了身體，四下看著，和我對望了一眼。

我們發現，這石洞中或者是井中居然有光，光線雖然很暗，但是足以讓我們看清對方。光線似乎是從水下發出來的，因為水波的晃動而不停晃動著，在石壁上留下了一道道淡淡的光紋。

我和二子下意識地向水底看去，這麼一看，我們嚇得臉都綠了。

原來井底散落著許多珍珠，珍珠此時散發出淡淡的光芒，把井下的空間都照亮了。這些珍珠是跟著我們一起掉下來的，想必這些珍珠是夜明珠，之前我們一直拿著燈，所以並沒有發現它們的特別之處，現在沒有了燈火，才發現這些寶貝這麼珍貴。

不過，不是這些珍珠讓我和二子害怕，讓我們感到心驚的是，井底的地面上，豎直地插著密密麻麻的黑色尖刀。

也就是說，剛才我們掉下來的時候，如果不是因為井裏有水，緩衝了一下，沒有讓我們落到井底，那麼可以想像，我們現在都是什麼樣子了。

「我操，我操。」二子喘著粗氣，連續罵了好幾句髒話，才緩解了緊張的心情。

我的心也是撲通亂跳，暗說幸好，幸好。緩了半天，我們這才順過氣來，接著就想辦法找出路。

井壁是打磨過的，很光滑，想爬上去非常困難。二子潛到水底，拔了兩把尖刀出來，一把給我，一把自己拿著，踩水對著石壁鑿了半天，只劃出了一道白痕，根本挖不進去。

「慘了。」二子扒著石壁，看著我苦笑，喘著粗氣道，「小師父，咱們估計出不去了，只能在這裏等人來救了。現在只能希望表哥出去之後，能早點找人來救我們了。不然的話，我們就只能等死了。」

我無奈地點了點頭。我們扒著石壁，就這麼傻乎乎地待著。因為水太冷，我們都凍得嘴唇發青，說話直打哆嗦。

「聽，聽說，人要是，要是凍得太厲害，就不能睡，一睡，就醒不了了。」二子牙齒打著戰，提醒我道，「小師父，你，你可要堅持住，別，別睡著了，不然的話，咱們，咱們可就再也見不著面啦。」

我心裏一陣感動，抬眼看了看二子，發現他已經凍得臉都青了。看到他的樣子，我有些奇怪，因為雖然我也感覺很冷，但是並沒有冷到撐不住的地步。不過，看他凍成那個樣子，我擔心他撐不住，就和他說著話，讓他一直保持清醒狀態。

「二子，你一直那麼關心你表哥，為什麼他跑了之後，你不去找他，反而一直跟著我走？」我無意中想到一個問題，問了出來。

二子苦笑地說：「小師父，你，我，我也不想一輩子當表哥的保鏢，你說的話很對啊，我就想，我憑什麼就不能發家致富，過得人五人六的呢？再說了，你看我表哥一路上多少麻煩事，所以他跑了之後，我反而覺得輕鬆了，準備好好在這古墓裏撈點東西。誰知道他娘的，中了這個陷阱，呸，真是人為財死，鳥為食亡，我這都是貪心惹的禍，自找的。」

我覺得他說得不錯，又繼續問他：

「二子，你掉下懸崖的時候，摸了我的尺，後來怎麼沒事？」

「嘿，你，你以為我沒事啊，當時我全身都冷透了，要不然會在那堆老鼠屎裏埋了那麼久才能動嗎？哎，你一說，我現在的感覺就像當時一樣冷了，我，我看我是撐不了多久了，小師父，你，你感覺怎麼樣，冷嗎？」二子費力地看著我問道。

「我不是很冷。」我如實答道。

「啥？」二子很震驚，瞪大眼睛看著我，無奈地苦笑了一下，「嘿，我就知道小師父你是神人。嘿嘿，看來這是老天注定讓我二子沒有出頭的日子啦。」

二子精神越來越消沉，最後居然拉著我的手，開始交代後事了。

「小師父，你要是出去了，有空幫我到醫院去看看我老娘，我老娘病得很重，你告訴她，她兒子不爭氣，不能孝順她了。」

「還有，這些寶貝，我都拿不出去了，估計他們來救我們的時候，會把這些東西都沒收了。小師父，你幫我留下一個，藏起來，可以的話，送給我家鄰居小蘭，就說，就說，我不能回去娶她了，我沒用，沒賺到錢，命也，也沒了。」

「還有，我死後，小師父，你一定要幫我超度，嗚嗚嗚……」二子說著抽泣起來。

我早已哭得成了一個淚人。我是一個小孩，沒有經歷過生離死別。我已經把二子當成了朋友，當成了好同伴，這一路走來，雖然磕磕絆絆的，可是，到了現在，才發現我們雖然性格不一樣，但是很投緣。現在我們都被困在了絕境，他馬上就要死了，我怎麼能不傷心呢？

我能想到二子病重的母親在病床上等他回去的情形，我能想到老人家要是知道二子死了，會傷心成什麼樣子。我也想起了我的爸媽和小妹，他們這麼久沒見到我了，肯定也很想我吧。如果他們知道我竟然死在一座古墓底部的陷阱裏，會傷心欲絕吧。

有了同病相憐的感覺，我緊緊地抓著二子的手，讓他堅持住，哭著告訴他，是我錯了，是我不該讓他跟進來。

二子臉色青白，頭髮濕漉漉地黏在腦袋上，他無力地苦笑了一下，抽出手，在我臉上摸了摸，聲音哆嗦地說道：

「小，小師父，你，你不用怪自己，我，我是自願跟著你的。我，我看得出來，你那些堅強，都是裝的。你才幾歲啊，六七歲吧？小師父，我，我知道你是為了救你姥爺，強打精神撐著的，說，說實話，我，我看到你裝出那種小大人的樣子，很心疼，我很佩服你，我也很想幫你忙，所以，雖然這件事情和我沒有一點兒關係，我也捲進來了。我是自願的。小師父，我還是叫你小師父，我都不知道你的名字，你，你能，告訴我嗎？」

二子的聲音越來越低，最後閉上了眼睛，我感觸到二子貼在我臉頰的手，無比冰涼。他的手掌從我的臉上慢慢滑落，身體開始往水底沉去。

我淚水迷濛地大叫著，完全亂了分寸，去抓住他的手，拼命拖住他，不讓他沉下去，大喊道：

「二子，我叫方大同，我叫方大同，這是我的真名，我沒騙你，你醒醒啊，堅持住啊。」

「大——同——」二子被我的聲音喚醒，微微睜開眼，看著我，無力地念叨了一聲，又閉上了眼睛。

「啊——」我一聲尖叫，雙手抓著二子的衣服，用腳拼命踩水，拖著他靠近岩壁，用背頂住岩壁借力，這才控制住了二子身體下沉的趨勢，讓他的臉部浮出了水面。

我就這樣背靠著岩壁，雙腳蹬著水底下一小塊微微凸起的岩石，雙手拖著二子的身體，支撐在冰冷的水裏。

我不知道站了多久，感到二子的身體越來越重，他渾身都變得僵硬起來。水底夜明珠的亮光依舊微微照著，我能看到二子蒼白的臉上掛著水珠，濕漉漉的頭髮一半貼在額前，一半在水裏漂著。

我的身體也開始冰冷，全身哆嗦起來，困乏得不行，眼皮難以控制地打架。我強打起精神，告訴自己千萬不要睡著，因為二子和我說過，一旦睡著就再也醒不過來了。

我努力了很久之後，最終還是沒能撐住，不知道自己什麼時候閉上了眼睛，睡著了。

在睡著的一剎那，我感到前所未有的放鬆，從沒有過那麼舒坦，似乎要飛起來了，全身輕飄飄的。我感覺自己好像回到了陽光燦爛的打穀場，回到了楊柳青青的小河邊，回到了自己出生和長大的老家。我看到父母在穀子場上幹著活，一切都那麼平靜和諧。

但是，一瞬間，我又發現自己在一口幽深的水井之中。水井裏冰涼刺骨，井底插著尖刀，井底散落著許多白亮的夜明珠。井水很清澈，我可以清晰地看到井底的中央有一眼泉水，正在噴出一股股細沙。

泉水無聲地翻著沙土，沙粒在水裏翻轉、滾動，劃出一個圓弧，悠悠蕩蕩地又落到泉眼四周，形成了一圈微微隆起的水底沙圈。

我被泉眼的景象吸引住了，目不轉睛地盯著，忽然發現那泉眼噴出的水裏，帶出了一縷縷黑色的、長長的頭髮。

那些長髮先是一小縷地從泉眼裏冒出來，在水裏晃蕩著，如同水草一般飄飄悠悠。接著，頭髮越來越多，最後足足有一大把，泉眼周圍的沙層突然開始微微隆起，接著，沙粒四散飄開，露出了一個滿是長髮的人頭。

那顆人頭一點點地往上冒，慢慢地從泉眼裏伸出來，先是頭頂，然後是整個腦袋，然後是肩膀。

這個時候，我才看清，那是一個長髮披肩、穿著一身白色囚服的女人。女人背對著我，她從水底冒出來之後，我只能看到長髮飄搖遮擋住的一個背影。女人全身僵硬，雙手下垂，從泉眼裏冒出來後，一動不動地懸立在我面前。

我看著這個女人的背影，感覺非常熟悉，但是又想不起來在哪裡見過。就在我努力回想的時候，女人開始動了起來，一點點、一點點地轉過身來，面對著我。

我看到了一張被淋漓濕髮遮擋住的女人面孔，下巴很尖，脖子很長，嘴唇很薄，整張臉是鐵青色的，嘴唇紫黑，猙獰又恐怖。幸好女人的眼睛是閉著的，不然的話，我簡直不敢把視線在她的臉上停留。

不過，就在我心裏正在慶幸的時候，那個女人的眼睛突然睜了開來，直直地瞪著我。我驚得心裏一聲悶哼，嚇得閉上了眼睛，拳頭攥得緊緊的，一動都不敢動。我聽到了輕輕的水花聲，再接著，一個沙啞低沉的聲音在我耳邊響了起來。

「水下有路，走吧。」

那個聲音低沉得猶如從地底傳來一般，聽著就讓人全身發冷。

我豁然睜開眼睛，發現自己依舊身處在冰冷刺骨的井水中，手裏依舊死死地抓著二子的衣襟。我四下張望，卻沒有發現那個女人的身影，只在抬頭向上看時，看到一個白色的衣角從井上飄過了。

我回憶剛才的情景，低頭向井底仔細一看，果然在沙地上發現了一眼泉水。我心裏一動，連忙鬆開二子的屍體，一個翻身扎到了水底，來到泉眼旁邊。

井水只有兩米多深，我潛到水底，抓著一把尖刀固定住身體，同時掰下另一把尖刀，對著泉眼拼命插挖起來。

泉水口似乎是開在石縫裏的，我挖了半天，一把銹蝕的尖刀都折彎了，也只挖出了一個不到拳頭大小的黑色小洞。

這時候，我已經憋不住氣了，只好浮到水面上換氣，浮上來的時候，我摸了一下腰間，摸到了那把陰魂尺，於是靈光一閃，捏著尺再次潛下去，把尺插進小洞的石頭縫隙裏，雙手抓著尺的一端，兩腳蹬地，用力撬了起來。

撬了半天，就在我就要堅持不住的時候，突然「嘎啦啦」一陣聲響，我只覺手裏一鬆，石頭的縫隙竟然緩緩裂開了，露出了一條一指寬的黑色縫隙。

我心裏鬆了一口氣，又浮到水面上換一口氣，再潛下去繼續撬，繼續把縫隙撬大，就這樣反覆撬了不知道多少次，直到我感覺雙臂酸麻，快要沒有知覺了，那塊被敲動的岩石突然「嘩啦」一下徹底脫落，掉進了黑暗的水底，露出了一個黑色大洞。

我浮到水面上，把尺插回腰裏，雙手扒著岩壁，大口喘息著，低頭向下看，發現井底已經基本變成了一個黑色大洞，井底的那些尖刀和夜明珠沉了下去，只在靠近岩壁的地方留下了幾顆，光線一下暗了很多。

這時，我才發現黑洞不停向外翻著水浪，很顯然底下的水很深，而且是流動的。我知道這下面的水不是死水，應該是一條河的地下部分，但是不知道是通到哪裡的，也不知道還有多遠能回到地上，所以我猶豫著要不要潛進去拼一把。

我很害怕自己潛進去後找不到出口，最後憋死在幽深寒冷的水下，這樣一來，估計別人連我的屍體都找不到了。但是，如果不拼一下的話，在這裏耗著也是等死，也就是說，拼一下至少有點希望。等著自己一點點死去，是最讓人恐懼的事情，我情願乾脆地死掉，也不願意受這樣的折磨。

於是，我深吸了一口氣，就準備潛下去。下潛之前，我瞥眼看到二子，一咬牙，伸手抓住他肩膀的衣服，拖著他一起鑽進那個黑色大洞。

我知道，二子很有可能已經死了，我這麼拖著他是一個累贅。但是，我也知道，二子是為了我才死的，我就是死，也不能把他一個人丟在這裏。我心裏打定了主意，不管我能不能找到出口，我都要帶著他。總之，我要死，就和他死在一起，要是我能活，也要把他的屍體帶出去！

一鑽進黑洞，我就猛然感覺到一股很大的水流湧來，猛然將我向一個方向沖了過去。我來不及睜眼看，只是本能地抓緊二子，憋著氣，隨著水流往前漂。

水流很急，我在水裏翻天覆地地轉著，感到窒息頭暈，很想呼吸，但是一張嘴，卻喝進了一大口水。

隨著水流向前沖了一段時間，我的意識開始模糊，腦袋脹得要爆炸了，肺裏一陣陣刺痛。我知道，我快要撐不住了，馬上就要被憋死了。

就在這時，我突然感覺水流變得平緩下來，抬眼向上一看，赫然看到上面有亮光。看到亮光的一剎那，我真的想大聲歡呼。我幾乎是流著淚，拖著二子浮到水面上的。

浮上水面之後，我來不及看外面的情況，就大口呼吸起來，感到極其暢快。

感覺好受了一些，我這才抬眼看向四周，發現此時我正漂在一條小河的中央，河岸一邊是懸崖峭壁，另一邊是樹林茂密的山。此時剛剛破曉，天色灰濛濛的，沒有亮透，樹林裏飄著霧氣。

我拖著二子，一路往岸邊游，到了岸邊之後，我抓著水草爬到岸上，然後轉身把二子往上拖。這一拖才發現二子非常重，在水裏的時候還沒有感覺出來。我喘著粗氣，費了好大力氣，才把他拖到岸邊的草叢上。

「呼——」把二子拖上來之後，我一屁股坐到草地上，四肢一攤，再也支撐不住了，閉上眼睛就昏睡了過去。

這一睡，不知道過了多久，直到感覺一陣陣熱氣襲來，耳邊聽到鳥叫聲，我這才睜開眼睛，醒了過來。

我發現太陽已經升起老高了，白亮亮地照著地面，熱浪襲人，我居然開始懷念井裏的涼快了。

我揉揉眼睛，伸了個懶腰，站起身，但是，我卻發現，地上二子的屍體不見了。

我心裏一驚，驚慌地四下看著，發現草叢中有一條人踩踏過的痕跡，一直通到密林之中。我立刻明白了，我睡著的時候，有人來過了，還把二子的屍體偷走了。但是，偷二子的屍體做什麼呢？

我順著痕跡一路進了密林，翻過密林裏的一座小山頭，來到一處懸崖下。見到懸崖，我知道自己追錯方向了，因為正常人帶著一具屍體，顯然是沒有辦法爬上懸崖的。

我折轉身，準備繼續找尋痕跡進行追蹤，但在轉身的一瞬間，猛然看到懸崖下方的亂石堆裏，似乎躺著一個人，冉仔細一看，那個人的身上圍著很多蒼蠅在飛舞。

見到這個狀況，我頭皮一炸，心想壞了，莫非那是二子的屍體，被人丟在這裏，開始腐爛了嗎？我三步併作兩步地跑過去，走近一看，發現那果然是一具屍體，不過卻不是二子的。

那具屍體面朝下趴著，身上滿是白色的蛆，一層層一團團，發出陣陣惡臭，看著就讓人頭皮發麻。我看到這具屍體頭上有兩隻羊角，腦袋和身上套著生羊皮。這副妝容，我再熟悉不過了，這是那個羊頭怪人的屍體。

我心裏不覺一喜，沒想到從古墓出來，居然到了這個地方。那麼，只要我找到路爬上懸崖，應該馬上就可以走出去了。

我不想再看羊頭怪人的屍體，轉身沿著懸崖岩壁尋找，走了大約幾百米，終於找到了一處坡度比較緩的地方，我抓著小樹和雜草，開始往上爬。

爬上懸崖之後，我又沿著懸崖走到羊頭怪人屍體大致所在的位置，確認了這裏就是昨天夜裏羊頭怪人毆打我的地方。

對於我這樣從小在山裏長大的孩子來說，山裏的地形，我走過一遍就能記住。我辨別了一下方向，撒腿就往前跑，準備找路再回古墓看看，也不知道姥爺現在怎樣了。

我跑了沒幾步就停了下來，有些內疚地向後望著，心裏想著二子，不知道他的屍體到底在哪裡，是不是被野狗拖去吃掉了。原本，我是想找個地方把他的屍體藏起來，以後再想辦法叫人來帶他回家的，但是現在他不見了，我也只好先不去管他了。

我遙望著懸崖下的樹林和河流，心裏對二子說了聲「對不起」，就轉身跑去。

我一邊跑，一邊採了一些草叢裏的野草莓吃，暫時填了填肚子，然後使出全身力氣，在樹林裏飛奔，很快就來到昨晚和林士學一起去往古墓的那條路。

我沿著這條路再次向古墓方向狂奔，終於在日頭當空的時候，又來到了古墓的盜洞口。

盜洞口現在空蕩蕩的，卡在洞口的大紅棺材已經不見了。我有些慌張地四下張望，發現四周是稀稀落落的樹林，沒有人影也沒有棺材影，我仔細查看了盜洞門口的痕跡，發現那裏只有一條被棺材碾壓過的痕跡。

也就是說，那口棺材並沒有離開盜洞，它最後還是進去了。既然進去了，那事情就好辦了，如果不出意外的話，狐狸眼應該還在裏面。

想到這裏，我心裏一陣憤怒，報仇的時候到了。雖說我只是一個小孩，而且我沒有任何道行，按理來說，是絕對打不過狐狸眼的。但是，經過之前在古墓裏的經歷，我已經什麼都不怕了。

而且，最重要的是，我現在的身體機能很強人，能跳得很高，動作很靈活，所以我並不懼怕和狐狸眼正面對決。更何況我還有陰魂尺，姥爺說過，這把陰魂尺非常厲害，只要我很小心，是不會輸給狐狸眼的。

事情到了這個份上，我已經沒有退路了。姥爺被狐狸眼抓住了，林士學失蹤了，二子死了，現在我只能靠自己了。我，相信我自己！

我心裏這麼想著，伸手去抽腰間的陰魂尺，但是，我的手卻摸空了，低頭一看，這才發現，一直插在腰間的陰魂尺，不知什麼時候已經丟了。

突然間發現我最大的倚仗沒有了，唯一的勝利希望沒有了，我呆住了，愣了好久。等我回過神來，就轉身想去沿著來路尋找陰魂尺。

可是，我剛一回頭，卻看到了一個這個時候我絕對不希望看到的人。

狐狸眼瞇眼微笑著，手裏掂著他那把攝魂象笏，正站在不遠處的樹下看著我。

我猛然看到狐狸眼，驚得一聲悶哼，不由得後退了一步，但是隨即又覺得自己這個樣子太窩囊了，於是硬著頭皮，鼓起所有勇氣，衝著狐狸眼喊道：

「壞人，我姥爺呢？」

「嘖嘖，這日頭，哎，熱死了，我最討厭的就是夏天，特別是這樣的大太陽，總讓我感到心裏很煩躁，想要殺人！」

狐狸眼說著，一步一步地向我走過來，臉上的笑容慢慢消失，聲音變得越來越陰冷。

「你要幹什麼？」我被狐狸眼的氣勢嚇得又向後退了一步，有些結巴地說道。

「嘿嘿，小子，我沒想到你居然這麼命大，到現在都還沒死。」狐狸眼看著我，瞇眼笑了一下問道，「昨晚抓你的羊師父呢？他怎麼不見了？」

了。

「我，我不知道。」這個時候我肯定不能告訴他，羊頭怪人早就被我們幹掉

狐狸眼瞇眼冷笑了一下，自言自語道：「算了，這種人也不能指望他幹什麼，很多事情還得我親自辦才行。」狐狸眼抬眼看著我，「我問你，小子，你昨晚拿走的那把陰魂尺呢？交出來，我可以饒你不死。我現在很煩躁，你要是不聽話，我可沒心情和你鬧著玩。」

「我，我弄丟了。」這次我說了實話，但是狐狸眼卻不相信了。

狐狸眼臉色一冷，說道：「看來，你是想要逼我對一個小孩子出手了，那你就去死吧！」

狐狸眼說完，身影一閃，手裏的攝魂象笏迅速地向我頭上砸了下來。

我知道自己沒有武器，根本就不是他的對手，本能地向後一跳，轉身就跑。

「哼，還想跑？這次可沒那麼容易了！」狐狸眼抬腳緊追我幾步，手裏的象笏板脫手而出，向我身上砸來。

我正在急速奔跑，等到發現象笏板向我砸來的時候，已經躲閃不及了，我只好一咬牙，準備硬擋它一下。

就在這時，側面一塊黑色圓盤突然飛了出來，「啪」一聲脆響，把象笏板擊飛

了。

「嗯？」狐狸眼一聲訝異，翻身把象笏板接回手裏，看著我的身側，瞇眼問道：「是你？」

「不錯，是我，怎麼，你怕了？」我的身邊傳來了一個極其熟悉的渾厚聲音。

我滿心緊張激動地回身一看，果然看到姥爺正一臉慈祥微笑地站在我身邊，低頭看著我。

「哇——姥爺——你，你——」

突然見到姥爺完好無損地站在我眼前，我一整夜來遭遇的所有委屈在一瞬間爆發了出來，我大哭著撲進了姥爺懷裏。

姥爺輕輕拍著我的背，安慰著我，接著，他撿起地上的黑盤，起身看著狐狸眼道：

「何成，沒想到你墮落至此，居然對一個手無寸鐵的小孩子出手。我陰陽師門秉承的是濟世救人的立派宗旨，你今天卻做出了這樣的事情，我得替玄陰子好好教導教導你了。」

「哈哈哈哈。」狐狸眼仰天大笑起來，接著面色一冷，冷眼看著姥爺說道：

「玄陽子師伯，你別忘了，你現在可是沒有道行的，你已經被我追打一整夜了，你連還手的能力都沒有，你要如何教導師侄呢？我真的很好奇啊。」

聽到狐狸眼的話，我心裏突然一陣好奇，難道昨晚姥爺一直都沒有被狐狸眼抓住？那後來我們所遇到的一連串怪事都是怎麼回事？林士學的夢境又是怎麼回事？

我心裏充滿了疑惑，真想當場就向姥爺問個明白。但是我剛要開口，姥爺就拍拍我的背，示意我不要說話。

「嘿嘿，何成。」姥爺向後輕推我，他微微笑著，瞇眼看著狐狸眼道：「你知道玄陽子的另外一個稱號是什麼嗎？」

「哼，不知道，不過，好漢不提當年勇，師伯，今天我本來不想和你們爺孫倆為難，只要你們交出陰陽尺，我就當做從來沒有遇到你們。」狐狸眼冷聲說道。

「嘿嘿，交出陰陽尺，你可知道陰陽尺是什麼？」姥爺正色道。

「陰陽尺是我陰陽師門的鎮派之寶，凝聚了歷代掌門，包括祖師爺的寂滅魂力的無上法寶。掌握陰陽尺，就可以號令天下所有陰陽師門的弟子，此物不但是鎮派之寶，也是掌門的信物，這一點，我如何不知？」狐狸眼繼續說道，「師伯，現在家師是陰陽師門的掌門人，所以，陰陽尺理應歸家師所有，師侄讓您老交出陰陽尺並不過分。我勸您老還是趕緊交出來吧，免得動起手來不好看。」

「嘿嘿。」姥爺冷冷一笑，瞇眼說道，「當年，我們陰陽師門祖師爺陰陽子師從葬經之祖郭璞，得傳陰陽尺和陰陽珠各一對。這一雙四寶，是各有妙用的法寶。集合陰陽尺和陰陽珠，施展陰陽法陣，可以斷生死、掌輪迴！玄陰子野心勃勃，當年奪我掌門之位，後來又設計暗算我，把我的道行全部廢去，可謂是機關算盡。嘿嘿，這些年，他這個掌門當得很爽吧？」

狐狸眼臉上忽然閃過一抹不自然的表情，但是隨即恢復正常，對姥爺說道：「家師很好，勿勞師伯掛心。」

「哼，是嗎？我怎麼覺得他好不到哪裡去呢？玄陰子當年和我一起進入天坑，一起越過警戒線，這麼多年了，我猜他的陰功肯定又突飛猛進了吧？」姥爺說著，捋了捋鬍鬚，繼續說道，「不過，我猜他的身體狀況肯定也是每況愈下了吧？是不是？」

狐狸眼臉上閃過一抹難色，皺眉看著姥爺道：「師伯，不要說那麼多了，師侄只問你，到底交不交出陰陽尺？再不交出來，師侄可要動粗了，傷到你們爺孫倆，可別怪我！」

「哼，何成，你別想騙我，你以為我不知道玄陰子想幹什麼嗎？他想啟用陰陽法陣，治他身上的病！他想治病，我偏不讓他治。更何況，陰陽法陣一旦啟動，後果不堪設想，所以，於公於私，這對陰陽尺，我都絕對不能交給你！」姥爺捋鬚傲然而立。

狐狸眼也面色冷峻地看著姥爺，點了點頭道：「好吧，這是你自尋死路了！」說完，他抬起攝魂象笏，就向姥爺衝過來。

「哼，何成，我還沒有告訴你我另外一個稱號呢，難道你就不想知道嗎？」姥爺一手拿著黑盤，一手拔出長煙斗，擺開架勢。

「不必說了，說不說，你都是死路一條。接招吧，玄陽子師伯，我倒要看看你有什麼倚仗，敢和我對決！」狐狸眼整個人凌空躍起，攝魂象笏板當頭向姥爺砸了下來。

姥爺冷笑一聲，也不躲閃，站在原地，挺直腰板，單手托起黑盤，大叫一聲：「開！」

「啪！」隨著姥爺一聲呼喝，只聽一聲震耳大響，狐狸眼的攝魂象笏板重重地砸到了姥爺手裏的黑盤上。

攝魂象笏板砸下之後，姥爺紋絲未動，面不改色。

第廿二章

金羅大仙

我要告訴你，我另外一個稱號叫『金羅大仙』，
借助正午純陽罡氣，燒盡一切陰邪，玄陰子也是因此才會忌憚我。
你這無知後輩，真以為我拿你沒辦法了麼，真是笑話！

「嘿，長力氣了？」狐狸眼見姥爺居然接下了他一招，有點意外，一聲冷哼，單腿橫掃，向姥爺腰間踢來。

「點！」姥爺依舊站在原地沒動，手裏的長煙斗飛快點出，正磕到狐狸眼的膝蓋眼上，「撲——」一聲，狐狸眼全身一抖，翻身跌了出去。

姥爺抬腳跟上，收起長煙斗，接著一搓指，放到嘴裏咬破，在黑色圓盤上用鮮血畫了一個符印，然後大喝一聲，托起手裏的黑盤，朝著陽光一晃，黑盤塗了血符的一面竟然反射出一道刺目的金色光芒。

「金羅罡光，剋盡陰邪！」

金光照耀，姥爺念出一句偈語，手裏黑盤一晃，金光罩到了狐狸眼身上。

「嘶嘶嘶嘶！」狐狸眼被金光罩身之後，身上立刻冒起一絲絲煙氣，如同被火灼燒一般。狐狸眼發出一聲尖厲的號叫，抱著四肢滾倒在地，縮成一團，全身不停哆嗦抽搐起來，情狀無比痛苦。

「啊——」狐狸眼全身的皮膚火燒一般起了一層泡，泡泡不停爆開，爆出一縷縷黑煙，才幾秒鐘時間，狐狸眼身上露出來的皮肉盡爛，變得面目全非。

看到這一幕，我簡直驚呆了，沒有想到姥爺居然如此厲害！

「你雖然不想聽，但我還是要告訴你，我另外一個稱號叫『金羅大仙』，借助正午純陽罡氣，燒盡一切陰邪，玄陰子也是因此才會忌憚我。你這無知後輩，真以為我拿你沒辦法了麼，真是笑話！」

姥爺手托金盤，罩住狐狸眼，傲然而立，衣袂飄飄，白鬚顫顫，儼然一位老神仙，讓我看得一陣心驚感嘆，似乎今天才重新認識他一般。

「唔，大師伯，饒命啊，饒命啊，弟子知錯啦，弟子知錯啦，您就放過弟子吧！」狐狸眼痛苦地哀號著，趴在地上，對姥爺叩頭求饒。

姥爺心存不忍，冷哼一聲，收了金盤，看著地上還在冒著黑氣顫抖的狐狸眼道：「暫且饒你一命，滾吧！」

「謝謝大師伯，謝謝大師伯不殺之恩。」狐狸眼如蒙大赦，跪地不停磕頭，磕頭的當口卻突然一直身，兩手從懷裏突然抽出，同時向外一彈，兩道寒光脫手而出，打到姥爺的臉上。

「啊——」姥爺沒有想到狐狸眼會突然來這麼一手，中了暗算，雙眼被擊中，血流滿臉，他捂著眼睛晃蕩了幾下，向後一退，跌倒在地上。

「哈哈哈哈。」這時候，已經皮肉潰爛、面目猙獰的狐狸眼從地上站了起來，看著姥爺尖聲道：「我也忘記告訴你了，我之所以叫赤眼天官，不是我是赤眼，而是我讓別人變成赤眼。玄陽子，你已經中了我的金針，雙目失明，這下我看你還怎麼和我鬥！」

狐狸眼走上前去，對著姥爺就是一陣拳打腳踢。姥爺雙目被金針扎著，疼痛無比，根本沒有還手之力。

「姥爺——」見到姥爺被扎瞎，又被狐狸眼毒打，我大吼一聲，撿起一塊磚頭就衝了過去，往狐狸眼身上砸。

「小畜生，滾開！」狐狸眼見我衝過來，抬腳踹到我的肚子上，我整個人倒飛出去，跌到了地上。我感覺一陣氣悶，肚子又酸又痛，喘氣都很困難。

我緩了幾秒鐘之後，再次起身，向狐狸眼衝了過去，但是這次我沒有衝得那麼近，而是距離他還有幾米遠，就死命地用磚頭向他身上砸。

狐狸眼正在毆打姥爺，沒想到我這麼快就衝回來，被我一磚頭砸到眼角，臉上的爛皮立刻被打下一大塊，露出了裏面白森森的額骨。

「找死！」狐狸眼抬眼咬牙，猙獰地看著我，冷喝一聲。

我轉身就跑，兜著圈子跑，不停地撿起石頭砸他，儘量把他激怒，讓他繼續追我，這樣姥爺就安全一些了。

狐狸眼被我砸中了好幾下之後，果然憤怒到了極點，他狂暴地大吼著，如同瘋狗一般向我追過來，很有一口把我咬死的架勢。

我撒開腿拼命奔跑，往旁邊的樹林裏鑽，儘量把他引開。狐狸眼一路追著我，我爬過幾個小山頭，又跳過了好幾條小河溝，最後衝進一片小樹林，又衝出了樹林，我猛然停住了腳步，因為我發現又來到了老地方——羊頭怪人毆打我的懸崖邊。

「嘿嘿嘿，哈哈哈，你跑啊，跑啊！」

我剛停下腳步，狐狸眼已經尾隨而至，見我被懸崖攔住了，猙獰地大笑著衝上來，一腳向我身上踹過來。

我連忙向側面跳躍躲閃，但是沒想到這傢伙的腳踹是虛招，我這麼一跳，他一伸手，正好抓住了我的衣領，一把就把我揪住了，抬手對我的臉一陣「劈哩啪啦」猛抽。

我拼命地掙扎，但是力氣太小，只能任由他抽打。我被他打得頭腦暈眩，一開始還感到臉上火辣辣地疼，後來就沒有感覺了，被打得徹底麻木了。

狐狸眼雙膝抵在我的小腹上，把我壓住，一手按住我的雙手，另外一手左右開弓，不停抽打我的臉，他雙眼發紅，臉上皮肉潰爛，無比恐怖。

我被他抓住之後，一開始還有點意識，勉強掙扎著，後來已經被打得耳朵嗡嗡作響，連睜眼的力氣都沒有了。

「砰——」就在我快要暈死過去的時候，聽到了一聲悶響，接著就感到狐狸眼忽然放開了我，再接著，他竟然身體一軟，倒在旁邊的地上。

我喘了口氣，恢復了一點意識，有些好奇地睜開眼，想看看發生了什麼事情，但是我看到的情況，卻差點把我嚇死。

我看到的居然是二子的臉，距離我不到兩尺。我雖然接觸過一些鬼事，但是還真的不知道會在大白天就這麼真切地見到鬼。一個已經死去的人，突然就這麼活生生地站在面前，這麼直愣愣地看著我，這真的就是活見鬼！

猛然看到二子的臉，我驚得全身寒毛豎起，哆嗦起來，一邊閉眼，一邊哭著向後挪動身體，大喊道：「二子，你別來找我，不是我害死你的——」

「小師父？」

我聽到聲音就更害怕了，心說，這下糟了，看來二子對我戀戀不捨，要來帶我一起走了，連忙擺手大叫道：「不是，我不是，我什麼都不是。你別過來。」

「哈哈哈，小師父，你怎麼看到我嚇成這個樣子，我是二子啊，你不認得我了嗎？」

我心裏一愣，暗嘆，這聲音怎麼聽著中氣十足，不像死人呢？

我橫下一條心，大著膽子睜開眼一看，二子果然活生生地站在我面前，我試探性著問他：「你，沒死？」

「他娘的，你以為我死啦？我要是死了，還能自己爬起來走路啊？」二子嘿嘿一笑，瞇眼瞅了瞅我已經腫成饅頭一樣的臉，促狹地問我：「我說，小師父，你這運氣夠背的啊，昨晚在這兒被打得全身血淋淋的，今天又被揍成這樣。這個地方和你有仇啊，怎麼你一到這裏就被揍？」

「啊？」我愣了一下，上下打量了二子，確定他是活的，沒有搭他的話，「我明明看到你死了，是我把你的屍體從水裏拖上來的，你怎麼又活了？這是怎麼回事？」

「嗨，我也不知道怎麼回事。」二子也有些疑惑地摸摸腦袋，「反正啊，我感覺就是睡了一覺，做了幾個稀里糊塗的夢，後來就被熱醒了。我醒過來的時候，發現你躺在旁邊睡著了，就沒忍心叫醒你。我肚子很餓，想去找點東西吃，順便也給你弄點。誰知道我回來的時候，你不見了，我一路找過來，正好看到你被這個傢伙按著打，我就從後面拍了他一石頭。奶奶的，老子真是你的救星。」

我把狐狸眼和姥爺鬥法的事情跟二子說了，準備回去看看姥爺的情況。

「哎，別著急啊，這傢伙我們得處理掉啊，把他留在這兒，等下醒了，不是還給我們惹麻煩嗎？」二子拉住我說道。

我瞥眼看了看地上的狐狸眼，想到他把姥爺的眼睛都扎瞎了，頓時怒從心頭起，惡向膽邊生，彎腰就從地上抓起了兩根尖樹枝，對二子說道：「按住他！」

「我操！」二子見到我的舉動，愣了一下，接著一跳，騎到狐狸眼身上，掐住了他的脖子。

「他把姥爺的眼睛都扎瞎了，我要他的命！」我蹲到狐狸眼頭邊，對準他的兩隻眼睛，用樹枝一下戳了進去。

「哇，咳咳咳，喀喀喀——」狐狸眼疼得驚醒過來，招搖著兩隻手拼命掙扎，但是因為脖子被二子死死掐住，所以只是掙扎了一會兒，就全身癱軟，頭一歪，沒了氣息。

狐狸眼滿臉血泡，已經死了。

二子這時候才反應過來，臉色有些驚慌地跳起來，駭然地看著狐狸眼的屍體，接著又警覺地四下看看，發現並沒有人，這才鬆了一口氣，也不說話，拖起狐狸眼的屍體，扔到了懸崖下面。

二子的臉色這才恢復了一些，擦了擦汗，看看我，皺眉道：

「這地方有古怪啊，怎麼一到了這兒，我就失去理智了呢？昨晚把那個怪人掐死了，今天又弄死了一個，我這是怎麼了？」

我有些納悶地皺起眉頭，也感覺自己每次一到這個地方，好像就變得瘋狂兇狠起來。

「不對，二子，這裏確實有古怪，你等一下，這件事情我遇到過！」這時候，我猛然記起了山湖裏的水鬼，我記起姥爺大白天帶我去山湖，第一次教我怎麼去看那些陰氣的東西。

想到這裏，我拉著二子向前緊跑幾步，來到一個小山頭上，接著我半蹲著身體，彎著腰，微微瞇眼，側目向懸崖邊上看去。一看之下，我立刻發現了異常。

我看到懸崖邊上籠著一層淡淡的黑氣。再仔細一看，才發現黑氣來源於懸崖後面的山谷。那個山谷，雖然是在大白天，仍是黑氣翻滾，如同燒沸的湯鍋一般，咕嘟嘟地往外冒著，很多黑氣溢出山谷，氤氳在懸崖上。

我和二子殺死羊頭怪人和狐狸眼的地方，正是黑氣籠罩的地方。

觀察到這個情況，我猛然想到，我和二子原本並沒有那麼兇殘，但是，被這黑氣籠罩之後，就變得這麼兇狠殘暴。而且，狐狸眼和羊頭怪人也受到了黑氣的影響，每次在這個地方抓住我，都非常瘋狂地把我往死裏打，他們的本性也迷失了。

我心裏有數了，站起身準備回去找姥爺。

就在我剛剛起身的時候，猛然向側面一掃眼，卻赫然看到懸崖邊上一塊突起的青石之上，站著一位身穿大紅長裙，長髮及腰，身材窈窕細高的女人。

大白天見鬼了！我心頭一震，定睛向那個女人望去。

那個女人的裙擺在風中飄曳，長髮微微拂動，此時似乎也感覺到我在看她，微微扭腰側身，向我望了過來。

我瞇眼細看，想要看清那個女人的樣子，卻發現女人身體的四周繚繞著一層淡淡的紅色煙氣，把她的面容遮擋住了。我只能大概看到她有白皙的臉龐，細長的脖頸。

女人望著我，似乎想要和我說什麼，但是我聽不到，只看到女人緩緩彎下腰，在青石上跪了下來，朝我們的方向拜了一拜，接著身影一閃，竟然從懸崖上跳下去了。

女人跳下去之後，山谷裏的黑氣立刻劇烈翻騰，接著慢慢地平息下來，然後一點點地向下沉降，最後消失了。

我的後背突然被拍了一下，我扭頭一看，二子正滿臉汗水，疑惑地看著我，問道：「幹啥呢？彎腰塌背的，撅著屁股，向那個山谷盯了這麼久，看到什麼了？」

我抹了抹額頭的汗，有些心有餘悸地在地上坐了下來，喘了口氣，這才把看到的事情告訴了二子。

「嘿嘿，小師父，你說那邊又是黑氣，又是紅雲，又是女人的，我怎什麼都沒有看到啊？」二子有些不信我的話。

「不信拉倒。」我沒心思給他多做解釋，起身去找姥爺。

二子嘿嘿一樂，抬腳跟著我一起走。二子絮絮叨叨地說著閒話，我一直沒搭他的話，把他弄得有點著急了，攔住我問道：「小師父，我求你個事情，行不？」

「啥？」我有些好奇地看著他。

「那個。」二子看著我，神情有些尷尬地猶豫了一下，接著一咬牙，對我說道，「這麼和你說吧，我在井裏昏過去之後，做了一個很奇怪的夢，不知道是不是真的，但是我想去驗證一下。」

「什麼夢？為什麼要驗證？」

「這個夢很恐怖，一開始我沒當回事，但是剛才聽你一講，我又覺得古墓裏的那個女屍可能確實有點法力，說不定我表哥真的已經被她給拖到棺材裏面去了。」二子看著我說。

「你這是什麼意思？」我聽出他話中有話，繼續問他道。

「我做夢，看到，看到我表哥和那個女鬼面對面，嘴對嘴，兩個人都是一絲不掛的，就那麼抱在一起，躺在棺材裏面。我沒把這事當真來著，可是我表哥現在不知道在哪裡，說不定，還真有可能就在那個棺材裏面。所以，我想找到那口棺材，打開看看。不然我心裏難受得慌。」二子說完話，瞇眼看著我，「那個，小師父，你不是已經回去過古墓的盜洞入口了麼？你看到那口棺材還在麼？」

「不在了。」我照實答道。

「那到哪裡去了？難不成那口棺材真的自己會跑？」二子瞪大眼睛，驚愕地問道。

「我也不知道。」我把我遇到姥爺之後的事情詳細告訴了二子。

「這麼說來，你姥爺根本就沒有被那個壞人抓住，他們也根本就沒有藏進棺材裏面，甚至那個壞人也壓根兒就沒有控制那個女屍，我表哥夢裏看到的都是假的？」二子有些不敢置信地看著我，問了一連串問題。

「我覺得，不是他夢裏看到的東西是假的，是他的話，可能就是假的。」我把心裏的想法說了出來。

「假的？我表哥為什麼要這麼做？難道他沒事找事，裝神弄鬼，惹麻煩？」二子有些糊塗地看著我問道。

「我是這麼想的。」我把腦海裏所有線索都串在一起，進行了簡單的推測，得到了一個結論，「你表哥撒謊應該不是他的本意。這件事情，可能真的是那個女屍的鬼魂控制他這麼做的。她這麼做的目的，應該就是想讓我們找到那個隱藏的墓道，再找到那個主墓。這是一座冥婚墓，那個女人是活著下葬的，給主墓裏的死鬼陪葬的。那個女人一定恨死了死鬼，所以，她就想讓人找到死鬼的墓葬，讓他死後不安生。為了這個目的，她就讓你表哥撒謊，說我姥爺被抓到墓裏了，又說她被壞人控制了，總之是想辦法引我們去找主墓。」

「那我表哥半路跑了，也是女鬼指使的？」二子疑惑道。

「應該是的。」我點頭。

「那她幹嘛半路把他弄走？她就不怕我們不再繼續往下走了？」二子更加困惑了。

「不，她那時候應該就是不想讓我們繼續往下走，因為她知道，再往下走，就要被屍貓包圍襲擊，非常危險，而且前面還有懸崖絕路，對我們不利。她應該是覺得，讓我們發現隱藏墓道就足夠了。只要發現了隱藏墓道，以後我們肯定會把那個主墓挖空的，她不急於一時。」我分析著，發現許多疑問都很明朗了。

「她擔心我們有危險，所以想讓我們掉頭。我們第一次被屍貓圍攻的時候，有冥婚隊伍經過，那其實是在救我們，但是我們沒有明白她的意思，還是繼續往前走了。她最擔心林士學，因為林士學最容易出狀況，所以，情急之下，她就單獨把林士學帶走了。說不定林士學對她來說有特殊作用，她把林士學保護起來了。」

「鬼魂的想法都是很簡單的，她帶走了林士學，就懶得管我們了，於是我們一路走到主墓室，然後就墜井了。我們在盜洞口爬棺材的時候聽到的抓撓聲，應該就是那個女屍弄出來的，至於她的目的，應該是在給林士學傳達什麼資訊，林士學肯定知道棺材裏是什麼，但是他一直沒說，目的就是要引我們找到隱藏墓道。」

「那個黑骷髏是怎麼回事？」二子又問道。

「那是一個白飄，應該也是被主墓裏的死鬼弄死陪葬的可憐人，她恨死了死鬼，所以，她後來一直在幫助我們。我們之所以能夠從井底逃出來，也多虧有她幫忙。」

「哦，還有這事？她是怎麼幫我們從井底逃出來的？」二子好奇地問道。

「這個你就不用知道了，說了你也不懂。」

我剛向前走了幾步，二子又上來攔住了我，他從懷裏掏出一件東西，在我面前晃了一下。他拿著的東西，居然是我丟掉的陰魂尺！

「你在哪裡找到的？我還以為丟了呢！快給我！」我一看陰魂尺失而復得，不禁心裏狂喜，伸手就去拿。

二子一撒手，瞇眼看著我說：「我在路上撿的，嘿嘿，你想要也容易，但是你要答應我一件事情。」

我這才明白這傢伙是準備拿陰魂尺和我做交易，只好點了點頭，問道：「什麼事情，你乾脆點說行不行？」

「陪我再去墓裏轉一圈，我估計我表哥還在裏面。」二子說道。

我點了點頭，覺得他說得也對，但是轉念一想，又覺得姥爺現在受了重傷，要馬上送去醫院才行。我猶豫了一下，沒有直接答應二子，告訴他，要先送姥爺去醫院，如果我們現在就去古墓，會耽誤太長時間，姥爺很可能會有生命危險。

二子一聽，說道：「那我們先去看看老人家的情況吧，如果他還撐得住，我們就抓緊時間進古墓。」

我答應了，二子嘿嘿一笑，把陰魂尺遞還給我。

陰魂尺失而復得，我心情格外好，走路的速度也快了很多，身上似乎也感覺不到痛楚了。

我們加速前進，繞過幾個山頭，再次來到古墓的盜洞門口。

我發現姥爺此時正盤膝端坐在一棵老槐樹下，臉上帶著血跡，眼睛裏的金針已經拔出來了，情況似乎並不是很嚴重。

「姥爺，你怎麼樣了？」我滿心擔憂地抱著姥爺的手臂問道。

「嘿嘿，沒事，沒事，就是可能以後看不到東西了。大同，你回來啦，那個何成哪裡去了？沒有為難你吧？」姥爺摸索著抓著我的手問道。

我心裏一陣酸楚，哪裡還有心情和姥爺訴苦，說狐狸眼打我的事情？

「姥爺，你放心，那個壞人被我和二子打死了。」

姥爺點了點頭，似乎早就料到了一般，居然並沒有多大反應。

這時二子走了上來，他看了看姥爺的眼睛，有些意外地說道：

「老人家，我是二子，您老怎麼傷成這樣了？感覺怎麼樣？」

「沒事了。」姥爺聽出了二子的聲音，點了點頭，對我說道：「大同，幫姥爺把法器收起來，我們得往回走了。」

我就把地上的黑盤和煙斗收了起來，幫姥爺背著，扶起了姥爺。

二子有些焦急地走到姥爺身邊，說道：

「老人家，這個，不是我心狠，不關心您的傷勢。我知道您老現在要去醫院，但是，我表哥現在還在這個古墓裏，我們要是就這麼走了，我表哥說不定就要死在這裏了。您看，這個，您能不能再堅持一下，在外面等著，我和小師父再進去看看情況，行麼？」

「哦？」姥爺停住腳步，微微側首沉思了一會兒，對二子說道：「二子，你表哥已經不在古墓裏了。」

「啊？您老看到他了？」二子有些意外地問道。

姥爺搖了搖頭，說道：「這個古墓現在陰氣全無，裏面八成連棺材都沒有，我現在是個瞎子，看不到你表哥。不過我估計，咱們要不了多久，就可以看到他了。不信的話，你跟著我走。」

二子半信半疑地皺了皺眉頭，問道：「我表哥現在在哪裡？」

「往前走，你自然就會見到他了。」姥爺走了幾步又停下來，讓我扶著他坐下，這才喘了口氣，對我和二子說道：

「我先和你們說，等下你們遇到了人，在這裏發生的所有事情，你們都要裝作不知道。我眼睛瞎了，看不到人，但是，我能看到我想看的東西。在你們回來之前，有個女人來過，和我說了一點事情。她說所有的事情，她都已經安排林士學去辦了，我們不用再摻和了，一切都聽林士學的就行。」

我和二子對望了一眼，都想起了懸崖邊看到的那個穿著紅色長裙的女人。

「二子，有一件事情，我還要麻煩你一下。」姥爺轉向二子，他聽到了二子的呼吸聲，知道二子就蹲在自己旁邊。

「什麼事情，老人家，您說吧。」

「我要麻煩你，我和大同的事情，你要幫我們保密，千萬不能洩露。不然的話，我們的處境可能就很危險了。你們是不是把那個羊頭怪人和小夥子都殺掉了？」姥爺說道。

聽到姥爺的話，我和二子都是一驚，問道：

「您怎麼知道的？」

狐狸眼被我和二子殺掉的事情，是我告訴姥爺的，但是羊頭怪人的事情我可沒和姥爺說。

「那個女人和我說的，不過，她說是她指使你們殺的，那兩個人就是盜掘她墓穴的主使者，而且對她的屍身進行了侮辱，他們是罪有應得。話雖這麼說，但是那兩個人是被你們殺掉的，這件事情要是追究起來，你們都有責任。所以，這裏發生的事情，我們出去之後，一個字都不能說。我最擔心的是，那個女人雖然殺了那兩個人，報了她的仇，她卻不知道那兩個人其實和我也有淵源，是仇家。這兩個人背景深厚，勢力龐大，一旦他們背後的勢力追查過來，我和大同都很危險。所以，我和大同要隱居一段時間，要想辦法撇清和這個案了的關係。」

「哦，這件事情，老人家，您還是和表哥說吧，和我說沒用，我不管事。」二子有些為難地說道。

「沒關係，你管好自己的事情就行了，我只是提醒你們一下。行了，說完了，我們走吧。聽那個女人說，林士學已經來了，不知道還要多久才能到。」姥爺說著，顫巍巍地起身，但是卻沒站穩，向後跌去。

「姥爺！」我驚呼一聲，和二子一起把姥爺扶住，這才發現姥爺臉色鐵青，全身哆嗦，眼睛裏流出了兩行血。

「沒，沒事，我強行運功，和何成對決，所以才會出現這個狀況，你們不用擔心。」姥爺在地上盤膝打坐起來。

我守在姥爺的身旁，發現姥爺眼睛裏還在不斷地流血，不覺驚恐地哭出聲來，伸手用衣袖幫他擦血。

「大同，不用擔心，這是注定的。」姥爺聽到我的哭聲，虛弱地喘了一口氣，抓住我的手，「你以後有可能也會遇到我這種狀況，只是不知道早晚。一旦破了傷口，就會流血不止，直到全身崩血，血盡身亡。」

「啊?!」姥爺的話，把我和二子都嚇了一大跳，不知道他在說什麼。

就在這時，我聽到背後的山林裏傳來了一陣嘈雜的腳步聲和呼喝聲。

聽到那些聲音，姥爺微微一笑，鬆了一口氣，淡淡地說：「來了。」接著他頭一歪，昏死了過去。

我和二子連忙扶住姥爺，扭頭向山林裏看去，才發現從山林中衝出不下兩百名身穿制服、荷槍實彈的警察。還有一些穿著西裝，拿著話筒，扛著黑色機器，神色激動的人。

這支隊伍領頭的人，一路焦急地向我們走來，正是林士學。

林士學走過來，看了姥爺一眼，皺眉說道：「看來還來得及。」

「表哥，哦，不，檢察長，這是怎麼回事？」二子見到林士學，有些疑惑地問道。

林士學背對著那些人，對二子使了個眼色，低聲對我們說道：「什麼都不要說，一切聽我安排。」

林士學說完之後立刻起身，站在人群中央，非常熟練地指揮這些人忙活起來。

「你們幾個，立刻送這位老人家和他的小孫子去醫院，二子，你跟去。」林士學說完，又把二子拉到一邊，仔細地交代了幾句，還塞給他一個黑色包包，然後才鬆開了手。

林士學又揮手對剩下的人說道：「其他同志都跟我來，注意一定要保護好現場，這可都是國家級的文物，電視臺和報社的同志，做好文物的報導工作；幾位專家老師，麻煩多費心清理文物。」

在場的人都服從了林士學的安排，各自工作去了。

林士學又對我們使了個眼色，然後帶領著大隊人馬，向古墓趕過去。

林士學走後，幾個人用樹枝做了個簡易擔架，把姥爺抬了起來，帶著我和二子一起出了山。二子在山腳下，把林士學的車開上了，也跟著我們去醫院。

風水奇人

那我就詳細給你說一下師門的事情吧。

我們陰陽師門，是一個很古老的鬼事門派，祖師爺陰陽子是一代風水奇人，當初祖師爺在世的時候，我們師門比茅山、嶗山可興旺多了，弟子廣布天下。

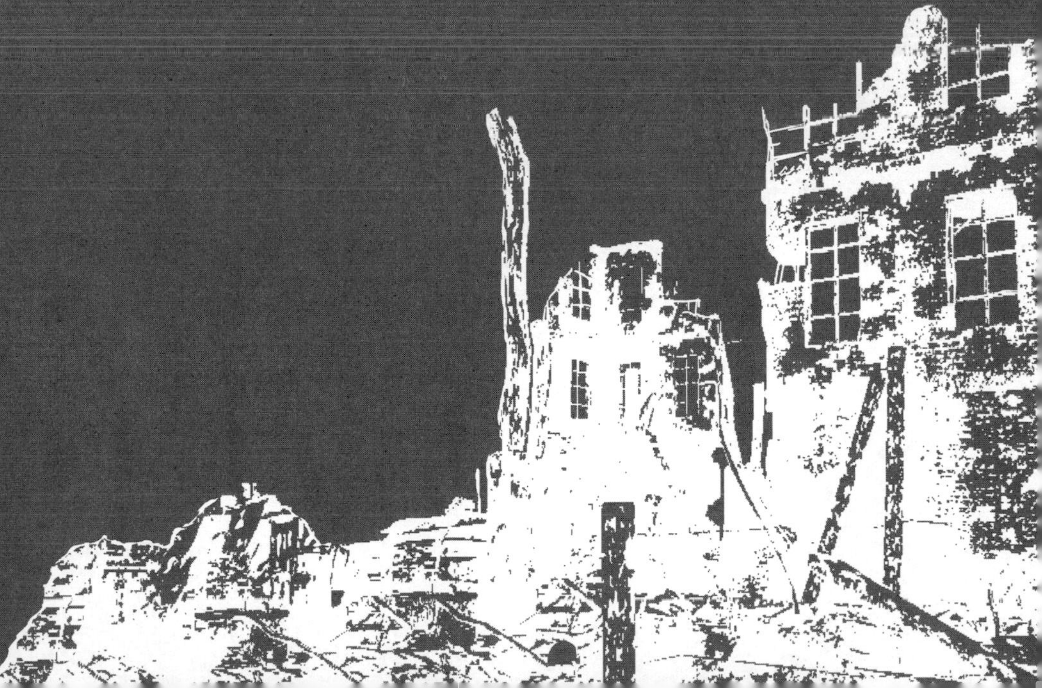

我和姥爺被送到了市中心的第一人民醫院，這是市裡最好的醫院。半路上，姥爺迷糊地醒了一會兒，聽說要去第一人民醫院，就說不去了，太貴了。二子一拍腰包，抽出一疊大票子來，對姥爺說道：

「您老放心吧，我表哥都安排好了，您老專心養病就行啦。表哥跟我說了，讓我全程負責照顧你，您放心，有我在，一切都沒有問題。」

二子說完話，才意識到姥爺看不到，於是特意用手使勁搓了搓手裏的票子，搓得嘎嘎響，對姥爺說道：「老人家，您放心吧，錢不是問題。」

看到二子闊綽的樣子，我這才明白，原來剛才林士學塞給他的黑包包裏面，裝的都是錢。見林士學都安排好了，姥爺也就不說什麼了。

姥爺被送進了手術室，我也被醫生拉去檢查了，二子就在手術室外面等著。

我被醫生進行了一通檢查，身體被塗上了一大堆藥，塗得我全身紅一塊紫一塊的，那些醫生才放過我，讓我在一張病床上躺著。

我剛躺下不久，二子就進來了，手裏拎著小籠包和豆腐湯，讓我吃東西。我餓極了，抓起東西就猛吃起來，二子也和我一起吃，他也餓壞了。

吃完之後，二子讓我睡一會兒，我問他姥爺怎樣了。他說姥爺還在做手術，讓我不要擔心，他會在手術室外面守著，等手術做好了，他就來叫我。

我聽他這麼說，鬆了一口氣，我也確實是太累了，所以倒在床上很快就呼呼大睡起來。

這一覺睡得天昏地暗，等我醒過來的時候，發現天已經黑了。

我看到姥爺眼睛上裹著白紗布，躺在我旁邊的病床上，已經睡著了。二子則睡在我另外一邊的病床上，正在鼾聲震天地打著呼嚕。

病房裏，除了我們三個人之外，還有一個穿著白衣服的護士，趴在靠門的桌子上打瞌睡，聽到我醒來的聲音，護士連忙起身，問我感覺怎樣了。

我說我口渴，護士就倒了一杯水給我，我一飲而盡，然後問護士，我姥爺怎樣了。

護士微微一笑說：「沒事，老人家身體很硬朗，手術之後，情況基本穩定。」

我這才放下心來，就跟她說我要屙屎，怎麼辦？

護士大約二十多歲的樣子，臉圓圓的，皮膚很白，眼睛很大，笑起來有一雙小酒窩。她聽到我的話，微微一笑，帶著我去了廁所，到了門口，就問我：「你會上廁所嗎？」

「啊？」我被她問得臉一紅，我從小在山村長大，上的都是土坑茅房，還真不知道城裏的廁所是怎麼回事。

護士看到我臉紅，伸頭進廁所看了看，發現沒有人，就把我直接帶了進去，在我手裏塞了一卷紙，這才離開。

這時候，差不多是午夜了，醫院裏冷冷清清的，廁所的燈光很黯淡，夜風從牆上的小窗吹進來，呼嚕嚕的，很是駭人。

我蹲在廁所裏，下意識地抬頭四下看著，看到廁所的門外站著一個人影。

我以為那個人也是來上廁所的，但是再仔細一看，卻發現那個人影穿著一身大紅長裙！

我全身一冷，立刻想到了一個熟悉的影子，心裏又很好奇，為什麼大半夜的，這女人會出現在這裏？

一陣嘈雜的聲音忽然從樓道裏傳來，接著就聽到二子粗聲粗氣的聲音問那個護士：「小師父呢？怎麼沒影了？哪裡去了？」

「什麼小師父？」護士沒聽懂二子的話，反問他。

「就那個小孩，六七歲大的，到哪兒去了？我問你看到沒？」二子有些來火了，聲音提高了很多。

「二子，閉嘴，別這麼吵吵，影響別人了，你好好說話。」我又聽到一個熟悉的聲音，是林士學的。

我心裏大概明白了，八成這個女人是跟著林士學一起來的，只是林士學他們都看不到她。

我想到這裏，再次抬頭看向門外，發現女人的身影已經消失了，換成了二子的身影。

「嘿，小師父，你拉完了沒？我表哥來了。」二子走進來問我。

「等我一下，我馬上好。」

我上完廁所，跟著二子回到了病房，發現林士學果然來了，身邊還有一個穿著白襯衫，戴著眼鏡，樣子很斯文的年輕人，夾著公事包陪同著。

林士學這時候正在和姥爺說話，見到我進來，連忙滿臉堆笑地走上前把我抱了起來，哈哈笑道：「小師父真是太勇敢啦，怎麼樣？現在感覺好點了麼？」

「好多了。」我從林士學的懷裏掙脫下來。

「我的事情剛忙完，基本告一個段落了，這就來看看你們了，我還有很重要的事情要和老神仙商量呢。」林士學扭頭對他身邊的秘書說道：「小鄭，你和二子先出去等一會兒，我叫你們再進來。」

「是，檢察長。」

二子眨眨眼，看了看林士學，問他：「表哥，我就不用出去了吧？」

「你也出去，你的嘴巴把不住門，不該你聽的，還是別聽。去吧，好好給人家小護士賠賠禮，剛才那麼粗魯，以後長點記性，知道麼？」林士學對二子揮揮手道。

二子鬱悶地點了點頭，對我做了個鬼臉，轉身跑出去了，不多時就聽到他在走廊上和護士聊天的聲音，逗得護士哈哈一陣樂。

林士學這才在姥爺病床邊坐了下來，把我拉到他懷裏，對姥爺說道：「老師父，這次可多虧了你們啊，我不但解除了厄運，而且還撿了一個大寶，發現了那個隱藏的古墓。」

「呵呵，這都是你命好啊，其實和我們沒有關係。」姥爺半躺在床上，悠悠地問道，「鐲子拿下來了嗎？」

「拿是拿下來了，不過……」林士學有些為難，欲言又止。

「怎麼了？」姥爺接著林士學沒說完的話，「血印子沒有消掉，是麼？」

「嗯，是的。」林士學心有餘悸地扭頭四下看了看，靠近姥爺耳邊，低聲道：「老師父，我就是為這件事情來找你的，其實，也不止這件事情，我還有一些更離奇的事情要和你說，我就怕說出來，你不相信。」

姥爺微微一笑道：「你是不是要告訴我，那個女人的棺材，現在在你家裏停著，你醒過來的時候，發現自己在棺材裏躺著，對麼？」

「呀，老神仙，你怎麼知道的？」林士學滿臉驚駭地看著姥爺。

「她告訴我的。」姥爺微笑著說。

「她？」林士學驚得臉色慘白。

「不錯，你來之前，她就已經來了。」姥爺不經意地微微側首向窗外看去。

林士學由於太緊張，沒有注意到姥爺的動作，而我看得清楚，就跟著扭頭一看，發現病房的窗外，此時正站著一位烏髮如瀑、一身大紅衣衫的女人。

那個女人站在風中，衣袂輕動，她微微閉著眼睛，面向窗戶看著，臉上沒有什麼表情，似乎正在傾聽我們談話。

「那，那，她有沒有說，有沒有說這個血印子是什麼意思？」林士學抬手捋起袖子，露出了手臂上一圈紫紅色的血印，滿臉緊張地看著姥爺。

「說了，那是血咒。」姥爺點點頭說道。

「血，血咒，什麼意思？」林士學有些驚恐。

姥爺微微一笑，對他說道：「你放心，這血咒，不是惡咒，而是善咒，對你不但沒有壞處，而且還有好處，大大的好處。」

「哦。」林士學聽到這裏，依舊是半信半疑，抹了抹額頭的冷汗，低聲問道：「那這到底是怎麼回事？還有，我家裏那個，那個靈柩，要怎麼辦？老神仙，你救人救到底，可要幫我想個辦法啊。」

姥爺也低聲說道：「小林，這件事情，我給你透個底，說個實心話吧，你要不要聽？」

「要聽，當然要聽，您說。」林士學望著姥爺，滿臉期待。

「那我就一條條地說吧，你專心聽著。」姥爺說道，「小林，有個事情，我得先給你說明白，那就是，每個人生在世間，都有自己的命數。我第一次看到你，就知道你的命數是什麼樣的。你的眉宇之間有一股罡氣，這注定你會成為一個官員。不過，你的罡氣不足，戾氣摻雜，不是亨通之相，所以，按理來說，你這輩子也就現在這樣了，再往上走，就不能夠了。」

「哦？」林士學有些尷尬。

「我說的是實話，你別嫌我說得難聽。」姥爺微微一笑道，「不過嘛，說你做到現在這個位置就到頭了，那是針對你本身的情況來說的，還沒有包含其他福蔭。如果要算上其他福蔭嘛，你的前途就不可限量了。」

「怎，怎麼說？」林士學有些激動地問道。

「我看你的面相，知道你祖上福薄，庇蔭不足，沒有氣運給你借取，所以，如果你想要在這條路上繼續走下去，就需要一些奇遇。現在，你面前就有一個天大的奇遇。如果你夠大膽的話，依靠這個奇遇，你可以穩步前進，步步高升，但是如果你拒絕接受的話，說不定你會因此受到連累，從此一蹶不振。」

「什麼奇遇？」林士學緊緊追問道。

「奇遇已經在你家裏了。」姥爺悠悠道。

「啊？你是說，是那個？」林士學有些愕然。

「不錯。」姥爺點了點頭，「那個女子在養屍地待了上千年，得到地氣滋養，屍身已經發生了質變，不會腐壞了。她除了沒有呼吸、心跳之外，其實和常人的軀體沒有什麼差別。這樣的屍身，非常有利於靈魂的依附，所以，她現在的力量，可以說已經形如鬼仙了。你家裏有這麼一位陰福無限的內助，你何愁不能飛黃騰達，步步高升？我想，你也是有野心的吧？如果你真的想要做出點事業來，這可是一個千載難逢的好機會，不能錯過。」

「可是，可是，我，我膽子小，我要怎麼做？」林士學有些結巴地問道。

「很簡單。」姥爺微微一笑，「娶了，就可以了。」

「啊？」林士學的下巴差點沒掉到地上，「娶，娶什麼？」

「娶她。你不要這麼緊張，其實這件事情很簡單的，就是一個形式，對你沒有任何難處。何況，還有我和大同在，我們會保證你平安的，你就放心吧。」

「噢——」林士學這才鬆了一口氣，擦了擦額頭的汗，「那到底要怎麼做？難道要舉行婚禮？這對外可怎麼說啊？」

「不用舉行婚禮。」姥爺說道，「你按照我說的去做。」

「嗯，您說。」林士學咽了咽口水。

「你回去之後，騰出一間臥室來，按照新房佈置，你抱著新娘子進洞房，只要過一夜，就算是完禮了。之後，你就該幹什麼就幹什麼去，不用管她了。你把她放回靈柩裏，在家裏給她設個靈堂，每天給她上三支香，問候一下，說說話就行了。」

「這個，這個。」林士學狠命地咽了兩口唾沫，有些為難地說道，「這個設靈堂、上香，都可以，就是，那個，那個洞房，要，要怎麼弄啊？我不敢啊，這人鬼殊途——」

「糊塗！」姥爺打斷林士學的話，很嚴肅地說道，「什麼人啊鬼啊的？人家已經是仙了，能看上你，那是你的福氣。再說了，洞房又不需要你做什麼，就是躺在床上睡一覺就行了，你要是樂意的話，可以度一口陽氣給她。有什麼好害怕的？不過是一夜而已，過後你就蔭福無限了，世上還有這麼有賺不賠的買賣嗎？你既然有雄心，就要有膽略，連鬼都怕，你還能做什麼大事?!」

「哎呀，老神仙，你教訓得是！」被姥爺一通喝罵，林士學似乎開了竅，一拍大腿站起來，兩眼放光地說道，「老神仙，只要你說得沒錯，我絕對按照你說的辦！」

「嗯，這還像個樣子，你坐下來，聽我再給你說點事情。」

「好的，老神仙，您說。」林士學重新坐了下來。

「小林，咱們一碼歸一碼，好處壞處都要給你說透。我就這麼和你說了吧，你娶了人家之後，就算是夫妻了，雖然只是一夜春宵，然後就把人家擺桌上供著了，但是不管怎麼說，這夫妻的名義，是天地共鑒，鬼神承認的。所以，你要記住，從此以後，不能負了人家，免得把人家惹怒了，知道麼？」姥爺聲音壓低了一些，提醒林士學道。

「這個，這個我具體要怎麼做，還請您老人家明示。」林士學彎腰靠近姥爺的床邊，很認真地問道。

「其實也沒什麼，要注意一點的是，靈堂要經常打掃，注意乾淨，每年七夕，須同房一次，度一口陽氣。另外，一日三香不可廢，要是太忙，趕不及了，也要派別人妥善敬上，說明原因。如果能做到這些，基本上就差不多了。」

姥爺皺眉想了一下，又說道，「對了，還有一件事情，你要是再娶新娘，不能在同一個宅院居住，而且，要是你娶的新人見到她的靈堂，也要給她跪拜上香，注意安撫，不可把她激怒。要是有了孩子，記得生下來七天就要抱去認她當乾娘，寄到她名下，不然的話，孩子可能養不過周歲。孩子每年生日也要去給她敬酒上香磕頭，禮數絕對不能廢。嗯，大概就這些了，你按照我說的去做就沒事了。」

「嗯，嗯，好，老神仙，謝謝你的指點，那我，我這以後的路——」

「放心吧，肯定是步步高升，不但如此，有了她的庇佑，什麼妖魔鬼怪遇到你，都會原形畢露，落荒而逃，什麼歪門邪道遇到你，都會不攻自破，自食其果。你這一輩子，算是有保障了。」姥爺微微一笑道。

林士學低頭琢磨了一會兒，一捍拳頭道：「好，那我就聽您老的話，明天我就準備洞房和靈堂，明晚就洞房。只是，有，有一件事，我還想請您老幫幫忙。」

「你說吧。」姥爺回道。

「我，我，一個人洞房，還是有，有些心虛，我，我想請您老過去給我打打氣，你看行麼？」林士學有些扭捏地說道。

姥爺微微提高了聲音問我道：「大同，你去行不？姥爺暫時還下不了床。你代姥爺去給小林守個夜吧。」

「啊？」我沒有想到姥爺會把這麼重要的任務交給我，猛然愣了，接著才反應過來，問道：「怎麼守夜？要做什麼？」

「什麼都不用做。」姥爺又對林士學說道：「小林，你到時候在洞房外面設個隔間，讓大同睡在隔間就行了。隔間用木板隔開，扯個布簾子也可以。這樣，你應該不會再害怕了吧？」

「嗯，行咧，嘿嘿，老神仙，謝謝你啦。對了，小師父，我也得謝謝你，明晚我派人來接你，到時候就要多麻煩你了。」林士學心情激動地抱著我。

「不用謝我，我就是去睡一覺。」我不太習慣林士學對我的親熱舉動，掙開身。

林士學忽然又想到了什麼，問姥爺道：「老神仙，那個度陽氣？」

「嘴對嘴就行了，多吹幾口也沒事，看你的意願了。」姥爺淡然地說道。

談完正事之後，林士學沒有馬上走，又閒聊了一會兒。閒聊的當口，他把關於那個隱藏古墓的事情說了，據說這是一個非常重大的考古發現。

他說，根據專家破譯主墓室裏的那些文獻資料獲知，那個主墓室裏面葬的是一位明朝的封疆大吏，生前地位顯赫，家財萬貫，墓葬非常複雜，外面是疑塚，裏面的才是真正的墓葬，陪葬品很豐富。

林士學還說了關於那個女屍的消息，不過這消息好像並不是那些專家從文獻上得到的，似乎是他自己從一些途徑得知的。據他所說，那個女子是一位堪輿奇人，負責給那個知府設計墓葬，尋找福地。

那個女子幫那位知府找好了安葬地點，又幫他設計了墓道，但是，沒想到，知府擔心那個女子在他死後會去盜他的墓，居然設計暗算，把她給迷倒了，然後用冥婚的禮儀，把那名女子放在他的疑塚裏給他陪葬。

那個女子也是一個心機很深的人，她在一開始幫助知府設計墓道的時候，就預料到知府可能會找人給他陪葬，那個女子不忍心陪葬的人無辜枉死，就把疑塚安放在了真正的養屍地上，而把知府的主墓室安排在一個普通的穴位。只是，那個女子絕沒有想到，最後是她自己躺進了疑塚之中。

林士學還說，那個女子有一把非常厲害的陰魂尺，隨身攜帶，從不離身。女子在被迷昏的一剎那，知道自己被暗算了，於是就把尺藏了起來。

事實證明，她的藏法很妥當，那把尺一直保存了下來，不但保存了下來，而且還滋養了她的屍身，幫她養成了陰元之氣，讓她的魂力變得非常強大。

「她的名字叫苒紅塵。」林上學說道。

「果然。」姥爺說了一句很奇怪的話。

林士學問道：「老神仙，難道你認識她？」

「呵呵，怎麼可能呢？好了，小林啊，時間也挺晚的了，你就先回去吧，明天你會很忙的。」姥爺沒有回答林士學的話，岔開了話題。

林士學心機通透，也沒有多問，和姥爺道了別，又和我打了個招呼，出門走了。

林士學走後，二子和護士一起走了進來。

二子一進來，就扯開嗓門問道：「喂喂，我說，老師父，小師父，你們這樣可不厚道啊，畢竟咱們也一起出生入死的，怎麼說話避著我呢？把我當外人啊？」

姥爺讓二子過來坐下，然後對護士說道：「小姑娘，你先去休息吧，我們這裏不用你照看了，有事情我再叫你。」

「嗯，好的。老人家，你們早點休息吧。」護士抿嘴笑著，對二子擠了擠眼睛，轉身出去了，順手還把門給帶上了。

我和二子在姥爺的床邊坐了下來，等著他說話。

姥爺清了清嗓子，對我們說道：「你們肯定有很多疑問吧？」

「那是，老神仙，我心裏簡直要憋壞了，您老就給我解解惑唄。」二子滿心期待道。

「嗯，那你們聽我慢慢說。」姥爺皺眉沉思了一下，「大同，你應該記得姥爺和你說過陰陽師門的事情吧？」

「記得。」我答道。

「那我就詳細給你說一下師門的事情吧。我們陰陽師門，是一個很古老的鬼事門派，祖師爺陰陽子是一代風水奇人，當初祖師爺在世的時候，我們師門比茅山、嶗山可興旺多了，弟子廣布天下。」

「嘿，我就知道老師父你們來歷不凡，果然讓我猜中了，哈哈。」二子很得意地說道。

「我們陰陽師門分為陽支和陰支兩派，一支專修陰功，專門對付活人，一支專修陽功，專門對付陰人。由於兩派的修煉分化，所以雖然同屬一個師門，其實是相生相剋的，所以師門歷來內鬥非常激烈。」姥爺有些感嘆地喘了一口氣，「苒紅塵是第七代的陰支大弟子，不過後來在爭奪掌門之位的戰鬥中失利，於是負氣出走，流落江湖，自此就杳無音信了。後來有傳聞，她來到沂州附近，但是具體在哪裡，沒有人知道。其實，我來到這個地方隱居，也是因為得到了這個消息，我也想找到她，只是沒想到真的能找到。」

「那個，老神仙，苒紅塵是誰？」二子不解地摸著腦袋問道。

「就是棺材裏的那個女人。」姥爺說道。

「啊？」二子有些意外地張大了嘴巴，「這事倒是挺巧的啊，那這麼說來，那個羊頭怪人和那個小白臉，都是衝著她來的了？他們兩個也是你們師門的人？」二子的推測能力倒是挺強的。

「不錯，他們是陰陽師門的陰支弟子，是我師弟玄陰子的手下，他們是為了尋找陰魂尺才來的。所以我才要你幫我們爺孫倆保密，不要把我們的事情洩露出去。如果一旦被玄陰子知道陰魂尺在我們手裏，他肯定會沒完沒了地派人來搶奪，到時候麻煩可就大了。」姥爺說道。

「嗯，是這麼回事，您放心，我不會說的，表哥這麼聰明，肯定也不會說的。那個小白臉和羊頭怪人又都死了，所以啊，您那個師弟應該不會知道情況的，你們可以放心啦。」二子嘿嘿笑道。

「嗯，就是這樣。」姥爺點了點頭，又把林士學要和那個女屍結婚的事情說了。

二子聽了這件事，驚得下巴差點掉到地上，愣了半天才喃喃道：「表哥太強了，真的太強了，我佩服得五體投地！」

「我們剛才談的就是這些事情，你聽了之後，要爛在心裏，絕對不能說出去，知道嗎？」姥爺對二子正色道。

「知道，知道，您老放心，我絕對不說。」二子舉手保證道。

姥爺點了點頭道：「好了，事情大概都說明白了，時間不早了，你們都休息吧。」

「噢——」二子起身爬到自己的床上，躺下沒多久，就鼾聲震天了。

我也準備去睡覺，目光自然地越過姥爺的床鋪向外看，發現窗外一片清冷，那個人影已經沒有了。

這時，姥爺低咳了一聲，我連忙上前一看，發現他居然咳出了血絲，就有些擔心。

「沒事的。」姥爺沙啞著聲音，拍了拍我的頭，安慰我道，「這是注定的事情，現在才來，已經有些晚了。我心裏有數的，你不用擔心。」

我回想起姥爺白天時說過的話，就問道，為什麼說我以後也會遭遇這個情況。

姥爺無奈地嘆了一口氣，搖了搖頭，低聲道：「你還小，就別問太多了，以後你就明白了。」

我也不好再問了，爬回自己的床上，但是翻來覆去一直睡不著，後來又有些憋尿，就起身自己去上廁所。

外面走廊上只有兩盞頂燈亮著，把中間的一段路照亮了，走廊的兩頭都黑乎乎的。我不知道走道的路燈是怎麼開的，所以只好摸著黑往廁所走。

幸好廁所裏的燈亮著，我尿完之後，一邊提褲子，一邊就往回走，迷迷糊糊中，居然走錯了路，沒有走回病房門口，而是走到了一個樓梯口。

那個樓梯口黑乎乎的，沒有亮燈，呼呼地吹著冷風。我被那冷風吹得有點發毛，縮了縮肩膀往後退，退了幾步，眼角忽然一動，瞥眼看到樓梯口坐著一個人影。

那個人影不大，像是一個小孩子，黑乎乎的看不清模樣，但是能聽到聲音。聲音斷斷續續的，是一個小女孩的哭聲。

我還以為是別的小孩和我一樣迷路了，就停下來，向那個小女孩喊道：

「喂，你是誰啊？也迷路了麼？」

但是，聽到我的聲音，那個小女孩居然一下子站起身，朝樓梯下面跑去了，一轉眼就消失了。

我正要跟上去看看情況，背後的燈「啪嗒」一下亮了，一個穿著白大褂的醫生面色有些凝重地跑過來，一把拉住我，問道：「你這小孩，大半夜跑這兒來幹什麼？前面是什麼地方，知道嗎？」

「我，我不知道，我出來尿尿，迷路了。」我看著醫生說道。

「哦。」醫生抬頭看了看樓梯口，拉著我的手，「走，跟我走，我送你回病房。」

回到病房，醫生把值班的護士叫了過來，讓護士看好我，又有些疑惑地問道：「今晚是誰在對過那邊值班，怎麼往太平間的樓梯門都沒鎖？這個孩子剛才差點跑進去了。」

「啊？」護士嚇得臉色發白，連忙搖頭道：「我不知道是誰值班。」

「算了，你好好值班吧，我去對過問問看。」醫生說完轉身走了。

第廿四章

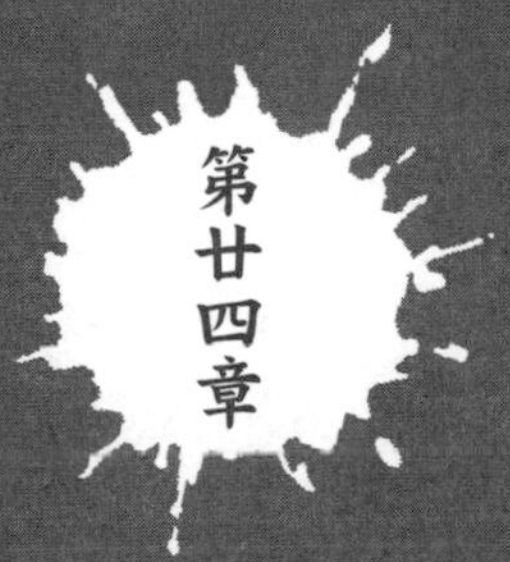

輪迴轉世

我抬腳就往產房方向跑，一邊跑，一邊回頭看，
小女孩的身影已經不見了，但是感覺背後有輕微的喘息聲，
知道她已經跟上來了，就一路跑到產房門口，
然後說道：「你快進去吧，裏面已經等你很久了。

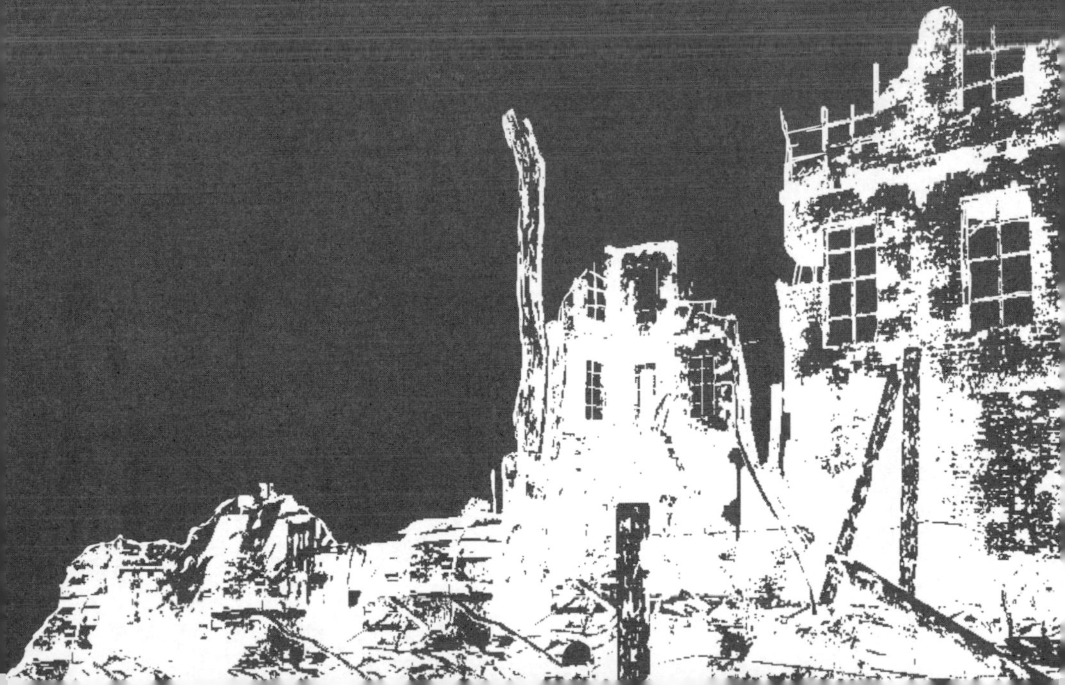

護士領著我往病房走，一邊走一邊神經兮兮地低頭看我。我感覺她的樣子有些好玩，就突然一抬頭看了她一下，沒想到把她嚇得全身一抖，手捂著胸口喘了幾口氣才平復下來。

「你膽子真小。」我對護士笑道。

「你膽了大，太平間都敢去，你知道那是什麼地方嗎？」護士被我說得有些生氣，豎著眉毛問我。

「什麼地方？」我問道。

「放死人的地方。」護士有些生氣地說道，把我推進病房，嘟囔道，「好好待著，再出來的話，記得叫我，別一個人亂跑。」

「噢，好。」我走進病房，腦海裏卻在回想著剛才的事情，心裏不由得感到一陣發毛，因為，當時我清楚地看到，那小女孩跑進太平間裏去了。

我站在病房裏，看著陌生的房間，黯淡的燈火，心裏一陣冰涼。那個女孩的哭聲一直縈繞在我心頭，不知道為什麼，我突然有一種失落感，一種無法拯救別人的無力感。

我有些機械地走到床前，一聲不響地爬上去，背靠著枕頭坐著，很久沒有入睡。那是我第一次開始思考人生的意義，思考這個世界的意義，總之很惆悵。

「唉——」我雙手枕在腦後，一聲淡淡的嘆息。

「大同，你怎麼了？」姥爺睡得不沉，他醒了過來，問我。

「姥爺，我看到一個小女孩跑進太平間了。醫生說那裏是放死人的地方。」我側身對姥爺說道。

姥爺沉吟了一下，說道：

「大同，有些事情不是我們能夠左右的。你要知道，生老病死本來就是常理，有人生，就有人死。就像姥爺總有一天會死，到時候，你也不要太傷心。死，對於一個人來說，是一種解脫。這裏是醫院，每天都有人死，每天也都會有孩子降生。來到這裏，對你也有好處，明天你可以去產科那邊看看，或許你就不會那麼傷心了。」

姥爺的話我不是很聽得懂，但我還是很努力地去理解生死交替的天道。

我一覺醒來，天已經大亮，陽光從窗戶射進來，照得人睜不開眼。我打了個哈欠，伸了個懶腰，發現二子正非常細心地在服侍姥爺吃早餐，見到我醒了，二子也給我拿了早餐過來。

吃完早餐，二子說要出去逛逛，問我要不要出去，我說不去了，但是我要去產科看看，讓他把我領過去。二子聽到我的話，有些疑惑，但是也沒太細問。

「你自己能找到回去的路不？」二子把我領到產科樓門外，問我。

「能，你去吧，我自己玩一會兒就回去。」我和二子揮揮手，往樓裏走。

「好吧，那個，你回去了，好好在房間待著等我，中午我給你們帶午飯回來。」二子急不可耐地向外走，向我揮手。

大廳裏有很多人，有老有少，不過最常見的還是大肚皮的女人。

我往裏面走了一段，就看到有醫生從一個手術室裏面推著床出來，床上躺著一個女人，女人的腳邊放著一個小包裹，裏面包著哇哇大哭的孩子。

我沒有見過剛出生的小孩，感到很好奇，就追著人家的車子，伸頭去看那個小孩子。

那些醫生還以為我是那家人的小孩，居然沒有攔我，讓我一直跟到了病房門口。那是我第一次看到剛出生的小嬰兒，小嬰兒閉著眼睛，張著沒有牙齒的小嘴巴，憋紅了小臉，使勁哭著，聲音很洪亮，皺皺的小鼻頭，細小的胳膊，只有一層毛茸茸頭髮的腦袋，哭起來像一隻小猴子，我情不自禁地伸手要去摸。

我這麼一摸就露餡了，床旁邊陪伴的人不樂意了，瞪了我一眼，問道：「喂，你誰家的小孩，這麼皮，你手髒，小娃娃不要亂摸知道嗎？走開，走開！」

說話的一個大男人，大概是那個小娃娃的父親，凶巴巴地把我趕開了。

我對他吐了吐舌頭，掉頭跑了，又站在產房門口，等著下一個推出來的小嬰兒。

不過，我的運氣不太好，等了半天都沒有擔架床再推出來，只聽到產房裏面一個女人叫得很大聲，好像很痛苦的樣子。

這時候，產房門口等著的幾個人，就有些著急了，拉著進出產房的醫生一直問：「大夫，怎麼回事啊，我媳婦怎麼還沒有生？是不是難產啊？」

「沒事的，你們別著急，產婦身體健康，胎位正常，肯定可以順產的，你們再耐心等等吧。」一個年紀比較大的女醫生安慰產婦的家人道。

「那怎還沒生下來呢？剛才和俺媳婦一起推進去的那個人，都已經生完出來啦。」那個男人滿臉擔憂地問道。

「生孩子嘛，各人不一樣的，有的生得快，有的生得慢。你們耐心等著就行了，我去上個洗手間，等下再進去看看，應該差不多了。」那個醫生說著，轉身往廁所走。

我正好尿急，於是就跟著那個醫生走。我尿完尿出來，正看到那個醫生的身影一轉，在一個拐角消失了。我很好奇，又跟著醫生走了過去。

走過拐角，我發現那個醫生站在連接兩棟樓的遊廊上，滿臉焦急地往對面的急診大樓看著，一邊看一邊喃喃自語道：「怎麼還沒過來呢？難道又迷路了？這都一個多小時了，再耽誤可就生不出來了。」

我走到醫生身邊，抬眼看了看她，發現她戴了一副墨綠色眼鏡，鏡片上還畫著一些非常奇特的符文，樣子很奇怪，再仔細一看，鏡片居然變成了赤紅色，閃著清冷的光，看起來有些恐怖。

醫生看了一會兒，無奈地摘下眼鏡裝了起來，搖搖頭說：「看來要死胎了，算了。」她低頭看到我，愣了一下，問道：「小朋友，你是誰家的小孩？怎麼跑到這裏來了？快回你父母身邊去，醫院人多，你別亂跑，等下走丟了。」

「噢，我不會走丟的，我玩一會兒就回去，你放心吧。」我抿嘴笑道。

「嗯，真乖，這麼小就這麼會說話，真聰明！」那個醫生顯然很喜歡小孩，她和藹地笑著，伸手摸了摸我的頭，轉身就走。

我看著她匆忙的身影，忽然心裏一動，覺得自己應該能幫她，於是對她喊道：「阿姨，你去忙吧，我在這兒幫你看著，等下它要是來了，找不到路的話，我領它過去。」

「啊？」那個醫生疑惑地回頭看了我一眼，沒太在意，點頭微笑了一下，轉身忙去了。

我就站在遊廊上等著，瞇著眼睛看著，沒多久，果然看到一個小女孩，大概比我還小一兩歲，她紮著兩個羊角辮，圓圓的臉蛋，大大的眼睛，很可愛的樣子，從遊廊的另外一頭走上來，一邊走一邊有些疑惑地四下看著，喃喃自語道：

「在哪裡，在哪裡呢？怎麼找不到呢？」

女孩轉了半天也沒找到路，焦急地坐下來，哭了起來。

我立刻認出來，這就是我昨晚聽到的聲音，連忙跑到她身邊，對她說道：

「快，跟著我跑，不然來不及了！」

「啊？你能看到我？他們都看不到我，你怎麼能看到我呢？」小女孩驚訝地問我。

「別問了，快跟我跑！」

我來不及跟她解釋，抬腳就往產房方向跑，一邊跑，我一邊回頭看，發現小女孩的身影已經不見了，但是能感覺背後似乎有輕微的喘息聲，心裏知道她已經跟上來了，就一路跑到產房門口，然後轉頭對身後說道：

「你快進去吧，裏面叫得最大聲的那個就是了，已經等你很久了。」

「小哥哥，謝謝你，嘻嘻。」我的耳邊傳來一個甜甜的聲音，接著我看到產房的門輕微地動了一下，沒過幾秒鐘，就聽到產房裏傳來一聲響亮的哭聲，接著產房的門打開了，一輛擔架床推了出來，一位醫生興奮地對等在門口的幾個人喊道：

「生了，是個女兒，七斤二兩，很健康！」

「哈哈，我有女兒啦！」等在門口的一個男人興奮地笑著，走到床邊，低頭看著床上的孩子，滿心歡喜。

我站在人群後面，也很開心，為自己能夠幫助別人而開心。

我目送著他們離開，在他們拐過拐角的時候，床上的嬰兒居然一直在看著我，正在對我張嘴笑著，似乎她還認識我。

從產科大樓出來，我的心情格外好，樂滋滋地咧嘴一直笑著，好像吃了糖一樣，看著天空也覺得風清氣爽，心懷敞亮了很多。我一路哼著歌，蹦蹦跳跳地往回走。

我走到住院部門口的時候，看到樓下的報亭前擠滿了人。

我喜歡看熱鬧，就湊上前去聽了聽，聽到那些買報紙的人在議論：

「哎呀呀，這次咱們沭河市可要全國聞名了啊！」

「是啊，這麼一座大墓，挖出來這麼多寶貝，這都可以建一座博物館啦。」

「嘿，這還用你說啊？你沒看這報紙上說嘛，要在那個古墓的原址上建一個博物館呢。」

「哎呀，那些盜墓賊也真是的，盜墓之後又來光顧，分贓不均打起來了，死了五六個人呢。」

「不，不，你說錯了。」一個戴眼鏡的老大爺拿著報紙糾正道，「死的不光是盜墓賊，還有一個女的。那女的可不是盜墓的，她是為了給她弟弟申冤，被盜墓賊打死的。哎，天殺的啊，你說這些盜墓賊有多喪心病狂！」

「那是，這不都死了麼？漏網的那幾個也抓回來了，一鍋端，一個也沒跑掉，偷去的寶貝一個不落都收繳回來了。」一個人接話道。

「那是的，這挖人家的墓，就是損陰德該死，還得歸功咱們這位林檢察長，人家沒得說，就是兩個字：正氣！」

「對啊，對啊，你沒聽說嘛，因為這個事情啊，上頭已經升林檢察長為咱們沭河的副市長了。」

從他們的談話之中，我大概知道，林士學已經把這次的古墓事件給擺平了。我和二子殺死的狐狸眼和羊頭怪人，還有先前被狐狸眼殺死的那三個盜墓賊的屍體，應該都被找到了。看來事情都妥善解決了，我的心情更加好了，我興奮地往回跑，準備把這個消息告訴姥爺。卻不想，剛跑了沒兩步，就被人從背後揪住了。

「小子，別跑！」一個粗聲粗氣的聲音響起。

我回頭一看，是二子，這傢伙出去轉了一圈之後回來，居然大變樣了。二子的頭髮梳得光溜溜的，戴著墨鏡，穿著白襯衫，打著領帶，勒著牛皮腰帶，黑色西裝褲，腳上蹬著晶亮的黑皮鞋，臂下夾著一隻黑色小皮包，儼然一位有錢商人的形象。

「你，這是怎了？」我看著二子，有些新奇地上下打量他問道。

「嘿嘿，你還不知道吧，小師父？」二子把我拉到一邊，洋洋得意地說道，「老子現在牛啦，看看，這身衣服，好幾百塊呢，奶奶的。還不光這些，你知道我現在的身分是什麼了嗎？」

「什麼？」我好奇地問道。

「副市長助理！哈哈，奶奶個熊的，表哥還說我不識字，不能做大事。不能做大事，他能發現那古墓？能有今天？這還不是我的功勞？」二子把發現古墓的功勞大包大攬地都歸到了自己身上。

「啊，那你現在也是大官了？」我羨慕地看著他。

「那是，來，小師父，這個給你，咱們一起出生入死的，我最厚道了，咱雖然發達了，但是也不會忘記你這個小朋友的。」二子從包裏掏出一大包糖塞給我，又拿出一把玩具槍。

我從小到大還沒見過這麼多糖，也沒玩過玩具槍，立刻就被他收買了，樂得心花怒放，拿著東西笑得合不攏嘴，跟著他一起往裏走。

「你當大官了，是不是就要走了，不管我和姥爺了？」我嘴裏一邊吃糖，一邊問道。

「嗨，本來嘛，我是要去管管事的，不過，你也知道，在表哥心裏，你和老頭子都是神仙，他說保護你們的安全最重要，所以就把這個最重要的任務交給我了，讓我陪著你們，一直到老人家身體好了之後才回去。」二子說道。

聽說他不走了，我很開心，就把剛才在外面聽到的事情給他說了。

二子拉著我到了一個角落裏，滿臉佩服地對我說道：

「你還真別說，表哥這次事情辦得真漂亮，天衣無縫，裏子面子都照顧到了，真是不服不行啊，有學問的人，就是不一樣。要不是他幫我們把那個事情瞞下來，咱們不是要跟著倒楣啊，現在好了，嘿嘿。」

「那我們把這個消息告訴姥爺吧，讓他也開心開心。」我說道。

「哎，別忙啊，來來，小師父，我和你說點事情。」二子把我拉住了。

「幹嘛？」我問他。

「嘿嘿，小師父，那啥，來來，我跟你商量個事情。」二子蹲下身，瞇眼看著我，滿臉討好地問我，「我記得咱們進入那墓室之後，小師父你好像往口袋裏裝了不少寶貝。」

「是啊，你不是也裝了很多嗎？」我疑惑地看著二子。

「嘿嘿，那個啊，這個，小師父，我跟你說，這些寶貝都很值錢，而且是從墓地裏帶出來的，可不能被人給看到。別人看到了，要是認出這些東西是古墓裏的，就把你當盜墓賊給抓嘍。小師父，要不，你把你帶出來的那些寶貝先交給我保管吧，我在家裏挖了一個特別深的洞，把寶貝都藏在裏面了，絕對安全。咱們可以把東西先藏起來，等到風頭過去了，再拿出來賣，到時候，一起發大財，你說好不好？」二子瞇眼看著我，一臉的期待。

「嘿嘿，嘿嘿。」我衝著二子傻笑。

「嘿嘿，嘿嘿。」二子也傻傻地跟著我笑，「行不行啊？」

「屁。」我臉一冷，瞪了他一眼，很生氣地說，「我是小孩，但是我腦子沒有問題，你以為我不知道你打的什麼主意啊，你不就是想獨吞嗎？我還以為你好心呢，給我買這麼些好吃好玩的，原來你這麼壞，哼，你等著，我告訴姥爺去！」

我氣呼呼地就往姥爺的病房走去。

二子嚇得滿頭是汗，連忙攔住我，哀求道：

「哎呀呀，小師父，你真是神人，好吧，你不願意，咱們就拉倒嘛，就不用告訴老人家了是不是？給他老人家添亂也不好，你說是不是？」

「那我告訴你表哥去，他晚上來接我去給他守夜。」我恐嚇二子。

「哎喲，小師父，好啦，我知道你心裏明白著呢，你就別嚇唬我啦，我以後不敢了還不行嘛，其實啊，我真的是想幫你保管來著，真沒想獨吞。」二子滿臉無奈的神情。

我考慮了一下，覺得他說得也對，這些東西帶在身上總不是個辦法，交給他保管也好。但是轉念一想，又覺得這傢伙做事毛手毛腳的，不太靠譜，就對他說：

「這個你就不用擔心了，我交給姥爺保管就行了。」

「好，好，隨便你，走，咱們看看老人家去。」二子這才鬆了一口氣，帶著我回到了病房裏。

我在墓室裏的時候，一開始拿了很多東西，有瓷器，有玉石，還有其他東西，把兩個口袋都撐得鼓鼓囊囊的，但是後來又是落井，又是潛水，又是和狐狸眼打架，口袋裏的東西都掉得差不多了，也就剩下幾件比較小的東西，我也沒細數，都交給了姥爺。姥爺把那些東西拿在手裏掂了掂，沒說什麼，收到了口袋裏。

收好東西之後，二子就把外面的事情說給姥爺聽。姥爺聽說林士學把事情都搞定了，很讚許地點了點頭：「這才是辦事的樣子，前途無量啊。」

我睡了一個午覺醒來，發現天色已經有些黑了，我起身去上廁所，看到二子正在門口和那個護士調笑，這小子現在一身光鮮，更加神氣了，滿嘴吹噓他是怎麼勇猛無敵，陪同林士學一起探索古墓，那個護士兩眼放光地看著他，把他當成了英雄。

從廁所出來的時候，我發現昨天跟隨林士學來過的秘書小鄭，正夾著公事包，滿臉焦急地在病房門口張望著，二子陪在他身邊，對他說道：「別急，別急，就是尿尿去了，馬上來。」

「要走了麼？」我走過去問小鄭。

「嗯啊，小師父，市長讓我來接你，車子就在下面，你看，你是直接跟我下去，還是需要準備準備？」小鄭滿臉殷切地問我。

「嗯，你等一下，我和姥爺說一聲。」

病房裏，姥爺聲音有些虛弱地說：「去吧，大同，就是睡一覺，什麼事都不用擔心。」

下樓的時候，我聽到二子在我後面故意喊道：「小師父，半夜可別嚇哭了啊，尿床可不是男子漢啊！」

我很不屑地回頭對他吐了吐舌頭。

車子一路往前走，一開始還行駛在華燈初上的街道，一會兒開出了市區，向城南開去，駛上瀝青公路，最後開上了一條土路。

車燈照著路面，我發現路兩邊時而是樹林時而是農田，很偏僻，心想：林士學住得可真夠偏僻的，每天上班怎麼辦呢？

「我們這是去市長老家的宅子，市長的高堂都不在了，平時是在市區住的，只是偶爾回老宅子住住。」小鄭看出了我的心思，就向我解釋了一下。

「噢。」我問他道：「高堂是什麼？」

「就是父母。」小鄭微笑著解釋道。

「那父母為什麼不叫父母，非要叫高堂？」我繼續問他。

「這個，這個應該是因為父母一般都坐在高堂上吧，也就是一個習慣性叫法。」小鄭被我問得一愣，有些心虛地解釋了一下。

「噢，那我知道了。」

車子在一座宅院門口停了下來。下車之後，我打量了一下宅院，四周都是很密的樹林，院牆前面有竹子，風聲颯颯的，看著就有些陰森，再抬頭看院子的上空，看到一股黑氣在上面繚繞，有些壓抑和窒息。

林士學正在門口等著，見我來了，上前一把將我抱了起來，很親熱。

「哈哈，小師父，您可來啦，走，咱們先進去。」林士學抱著我轉身往裏走，又對小鄭道：「小鄭，你和徐師傅回去休息吧，明早七點來接我上班，帶兩份早點。」

「是，市長。」小鄭轉身坐進車子開走了。

車子離開之後，林士學才把我放下來，領著我進了院子，然後上了門閂，指了指個門口吊著大紅花燈、掛著紅綢幔子的房間，說道：

「小師父，就是那裏了。你先去睡，我等下就來。你就睡外間的那張小床，床單被褥都是新的。」

我本來就有些睏了，沒和他客氣，抬腳就向那個房間走了過去。

我走到院子中間的時候，發現左邊的房子裏也亮著燈，不經意地扭頭看了一下。這一看，登時把我驚得出了一身冷汗。

原來左邊的房子就是靈堂，靈堂當著門，有供桌，有靈位，周圍還貼著白紙。

不過，我之所以感到驚駭，是因為，我發現供桌的後面，赫然安放著一口大紅棺材。而且，靈堂的門口站著一個女人。那個女人一身大紅衣衫，頂著紅蓋頭，嫋嫋婷婷地靠著門框站著，似乎正在往院子裏看。

我第一眼看到那個女人，還以為是那個女屍的鬼魂又現形了，扭頭繼續往前走，但是走了沒幾步，發現那個女人依舊一動不動地站著，我就再次扭頭仔細一看，這才確定那並不是鬼影，而是一具真正的女屍。

我心裏一陣發毛，連忙轉身去找林士學，這才發現他一直跟在我身後。

他看到我回頭，對著我咧嘴尷尬一笑，低聲道：

「小師父，你別怕，是我把她先放在這裏的，我等下就把她抱進去。」

我心說這傢伙的膽子真不是一般的大，這事放在誰身上，恐怕都要嚇尿褲子吧，他居然一臉鎮定，簡直太牛了。

「你真大膽。」我不禁對林士學說道。

「我這也是被逼無奈嘛，再說了，其實也沒啥好怕的，我都想通了。這就是有得就有失，何況，她也不兇，我剛才把她抱出來，發現她的身體是軟的，和正常人差不多。」林士學說道。

他這話雖然是想安慰我，但是卻比嚇唬我還恐怖，我渾身就起了一層雞皮疙瘩，咽了咽唾沫，還想說點什麼，就在這時，卻聽到靈堂那邊傳來了「撲通——」的聲音。

聽到聲音，我們兩個人都是一激靈，同時扭頭去看，這才發現剛才一直靠著門框站著的女屍，可能因為站立不穩，跌倒在地了。

林士學的臉一下子就白了，在原地愣了半天，然後才低聲哀求我道：

「小，小師父，要不，你，你還是等一下吧，和我，一起，一起進去好麼？我，我去抱她。」

林士學一溜小跑進了靈堂，在女屍身邊站著，愣了好幾秒，才一咬牙一閉眼，彎腰抄手把女屍橫抱了起來，然後飛快地向洞房跑去，一邊跑還一邊對我喊道：

「快快快，進去，進去！」

我跟著他進去，他已經把女屍橫放在裏屋的一張大床上。

房子是老式的格局，裏屋和外屋本來沒有柵牆，這會兒裏屋和外屋之間的梁上掛了一塊大紅布幔子，把屋子隔開了。林士學和女屍住在裏間，我的小床就放在緊挨著大紅布幔子的地方。

紅布幔子距離地面還有大半米，和我床邊差不多高，所以，如果我躺上去的話，只要風一吹，我就能看到裏屋的情況。

林士學把女屍放下之後，沒敢躺下去，很快走到外屋，從口袋裏掏出一盒菸，點了一根，很急切地抽了起來，滿屋子都是煙。

「咳咳。」林士學平時並不抽菸，所以抽了幾口，就咳嗽了起來，臉嗆得發白。

「小，小師父。」林士學哆嗦著嘴唇問我道，「要不，你先睡吧，我等下進去。」

我點了點頭，沒有說話，小心地把陰魂尺捏在手裏，摸索著爬上外屋那張小床，平躺下來，但是壓根兒睡不著，就睜著兩眼看著屋頂。

這是一棟很舊的老宅子，屋頂是用紅草和蘆葦束的草把子做的，上面結滿了蜘蛛網，灰乎乎的。屋梁是大松木的，其中一根正好對著我的床，我感到有一種壓迫的感覺。

以前在家裏的時候，我聽姥爺講過，屋梁不壓床，壓床鬼上床。意思就是說，床鋪不能放在屋梁下，不然的話，就會鬼上床，對睡在那個床上的人不好。這個說法，其實不是鬼事，而是一種風水的說法。

屋梁是整個房子的承重所在，天然有一種壓迫感，所以，在這種屋梁壓著的床上睡，很容易折壽得病，這就是風水不好的原因。林士學不懂得風水，所以他把我的床放在屋梁下了。

我本來想讓林士學幫我把床往旁邊移一移，但是又覺得反正我只在這床上睡一夜，應該沒事，就沒有提出來。

林士學是一個對權勢有很強欲望的人，用姥爺的話來說，是一個很有野心的人。所以，雖然膽小，但是聽說娶了那個陰屍，自己就可以平步青雲，他還是決定娶陰屍為妻。不過，雖然嘴上答應了，但實際做起來，他還是很膽怯的。

做這種事，不可能對外張揚，甚至手下的人都不能讓他們知道。因此，林士學今晚的洞房夜，只有我和他兩個人。

他的表現還不錯，已經壯著膽子把陰屍抱到床上放下來了，接下來就是陪著陰屍睡一夜了。到了這會兒，林士學真的有些恐懼了。陪著一具屍體睡覺，任誰都會有點心裏發毛的，更何況是一具死了那麼多年的陰屍。

林士學悶頭抽著菸，在外屋坐了半天，好幾次往裏屋看，但就是不敢走進去。一根菸抽完，林士學又點了一根，「呼哧呼哧」地抽了一通，這才一搓手，吐了口唾沫，站起身來，挺直了胸脯，往裏屋走。

洞房花燭夜

林士學臉朝上躺著，一動不動，沉默了半天之後，
沒有發現異狀，這才微微扭臉看了看旁邊蒙著紅蓋頭平躺著的女屍，
深吸了一口氣，緩緩伸手，捏著紅蓋頭的邊角，一點點地向上揭開來。

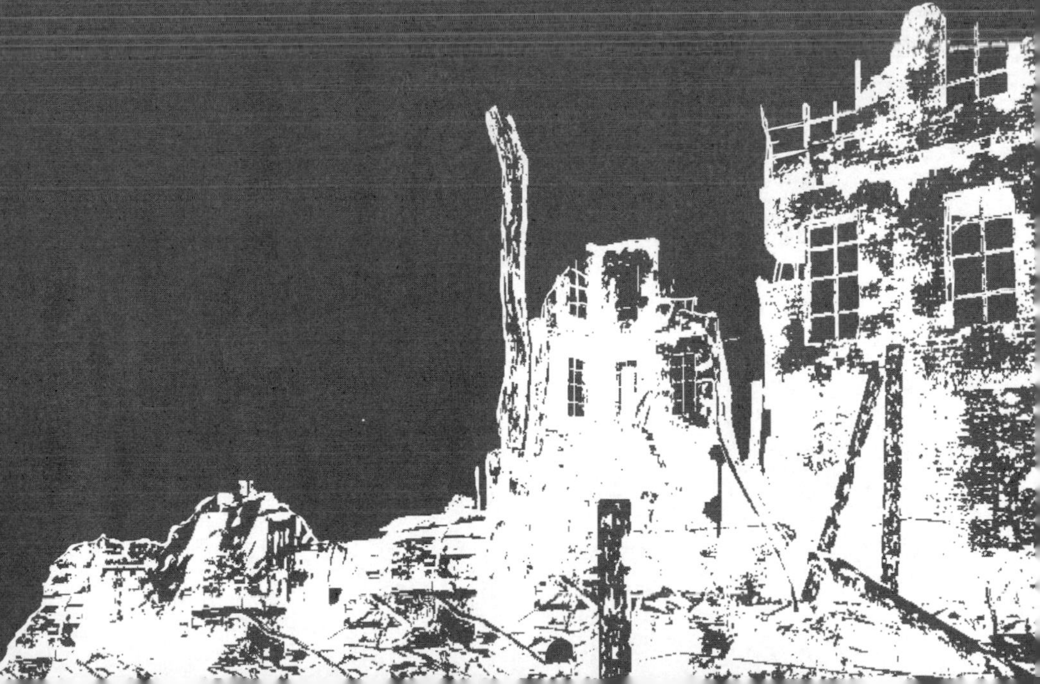

林士學走進裏屋之後，忽然又轉身回來，俯身看著我問道：「小師父，蠟燭要不要吹掉？」

「啊？」我愣了一下，有些犯難，因為事先姥爺沒和我說過，我也不知道。不過，我很快就反應過來，問林士學道：「別人家結婚是怎麼樣的，你照著辦就行啦。」

「噢，那不用吹了，這是長壽花燭。」林士學看著裏屋桌上點的兩根粗大紅蠟燭，喃喃自語，再次深吸了口氣，咽了咽唾沫，接著一閉眼睛，大踏步地走到裏屋床邊，挨著女屍躺了下來。

林士學先是臉朝上躺著，一動不動，沉默了半天之後，發現沒有什麼異常狀況，這才微微扭臉看了看旁邊蒙著紅蓋頭平躺著的女屍，深吸了一口氣，緩緩伸手，捏著紅蓋頭的邊角，一點點地向上揭開來。

我躺在外屋床上，透過布幔子，把林士學的舉動看得一清二楚。林士學揭紅蓋頭的時候，我也是滿心緊張，睜大眼睛死死地盯著女屍的脖頸，頭上滲出一層油汗，生怕會發生什麼意想不到的狀況。

我先看到了女屍雪白的脖頸，接著是尖尖的下巴，再接著是鮮紅小巧的嘴唇和白瓷一樣的臉龐，然後是小巧的鼻子。

不過，就在鼻尖露出來的一剎那，我猛然感覺到哪裡有些不對。因為，我發現，從我的角度看去，居然幾乎能看到女屍的整張臉，那就說明，女屍的臉並不是朝上的，而是——

果然，林士學最後把紅蓋頭一抽，從女屍頭上拿下來，露出了女屍的整張臉孔時，赫然發現，女屍居然是臉朝外面側躺著的，正睜著一雙眼睛，直愣愣地盯著林士學。

「啊呀！」林士學沒想到女屍居然會這麼看著自己，嚇得一聲大叫，全身哆嗦著向後一仰，從床上跌了下來。

他跪在床邊，一邊給女屍磕頭作揖，一邊驚聲道：

「女神仙，饒命啊，饒命啊。」

林士學磕頭哀求了半天，女屍沒有什麼動靜，還是扭頭向外看著。

我偷偷看過去，正好和女屍對上了眼，一剎那，我看到女屍的眼睛居然動了一下！我登時驚得一抱被子，把頭藏進了被子裏，不敢看了。

這時，一陣兇猛的陰風突然從房門吹了進來，刮得我床邊的布幔子「撲撲」悶響。我用被子蒙著頭，也能聽到風聲，感到風吹過的時候冷颼颼的。

「嘿——」我聽到林士學神經質地悶哼了一聲，於是好奇地扯開被子，通過縫隙向裏屋看去，發現林士學滿臉鐵青地瞪大著眼睛，直愣愣地看著桌上的蠟燭。

我一看蠟燭，也嚇了一跳，因為，桌上的一對紅燭，現在居然滅了一根。長壽蠟燭滅了，這可不是好兆頭，在舊時的農村，這是最大的忌諱。有的新婚夫妻甚至會因為這個兆頭，就過不下去了，擔心會被對方剋死。

林士學左看看右看看，手足無措，呆立了一會兒之後，才哆嗦著手，又把那根滅掉的蠟燭點上了。

他不點還好，這麼一點，就聽到他旁邊的床上，傳來了一聲「嘔——」女人打嗝咽氣的聲響，接著那具躺在床上的女屍竟然雙手一伸，從床上坐起來了！

「媽呀——」林士學一聲大叫，連滾帶爬地從裏屋跑了出來，一下子鑽到了我的床底下，不停哆嗦著，把我的床都頂得直抖。

我也被這個異狀嚇得一口氣差點沒背過去，哪裡還敢在床上待著，一翻身落到了地上，手裏捏著陰魂尺，渾身寒毛直豎，哆嗦著躲在床後面，連伸頭去偷看都不敢了。

就在我驚魂未定時，又是一陣陰風從房門口吹了進來，吹得我的頭皮一陣發麻。

陰風「呼啦啦」地吹進去了，接著聽到裏屋一陣「呼嚕嚕」的風扯燭火的聲響，屋子裏的光線一下子黯淡了下去，裏屋再次傳來一聲女人打嗝咽氣的聲音和沉悶的跌倒聲。

我哆嗦著，微微回身向裏屋看去，發現床上的女屍平躺下來了，臉正面朝上，安靜下來了。我再抬頭去看桌上點著的紅燭，發現紅燭又滅了一根，只剩下一根還亮著。

這時林士學也冷靜了一點，哆哆嗦嗦地從床底爬出來，癱坐在地上，一邊喘著粗氣，一邊擦著額頭的冷汗，臉白得如同草紙一般，很是倉皇。

「這，這是怎麼回事？」

「只有一個活人，所以只能點一根長壽花燭，她那根不能點，點了她會詐屍。」

我綜合了一下剛才的情況，回憶了一下姥爺和我講過的鬼嫁故事，總算弄明白是怎麼回事了。

悶頭抽完一根菸，林士學連咽了好幾口唾沫，這才用力搓了搓臉，滿臉求助的神情望著我，低聲問道：「小師父，這接下來，還要怎麼，怎麼辦？」

「不知道。」我被問得有些發愣，對他說道，「你，你還是回去吧，她，她已經睡了，不會咬你的。」

林士學回頭往裏屋瞅了瞅，再次鼓起勇氣，暈暈乎乎地走了進去，站在床邊，愣了半天都不敢躺下去。

我躲在床後，心裏為他捏了一把汗，但是又希望他趕緊躺下去睡覺拉倒了，不要再生出什麼事情來了。我心說，你們安穩了，我也就安穩了，咱們都好好睡一覺，明天天一亮，啥事都沒有了。

林士學在床邊站了半天，沒有睡下，也沒有退出來，就那麼神經質地微微弓著頭，看著床上的那具女屍，看得兩眼都發直了。

我正想喊他一聲，忽然又是一陣陰風吹進來，「呼啦」一下，竟然把房門刮得關上了。

我下意識地扭頭向門口看了一下，發現門內靠牆的地方有一個白乎乎的影子。我心一緊，心說不好，一股灰濛濛的霧氣從地上冒了起來，很快就瀰漫開來，阻擋了我的視線。

我拿手揮趕那些霧氣，發現沒有什麼異常，這才回頭去看裏屋。我發現林士學這時居然虛張著雙臂，咧著嘴，兩眼張得老大，正在直愣愣地看著我。

我一見他的樣子，不禁愣了一下，感覺他好像有話要說，就問他：「你幹嘛？」

「好，好看——」林士學居然咧嘴笑著，兩眼發直地對我說了一句陰森森的話。

我聽到他奇怪的聲音，嚇了一跳，感覺他有些不對勁，於是想過去查看一下他的情況。就在這時，林士學轉身走到裏屋床邊，一歪頭，躺了上去，然後，竟然翻身把女屍給抱住了。

見到林士學這個舉動，我一口氣噎到嗓子眼裏，嚇得一屁股跌坐在床上。

這時候，林士學側身向裏躺著，我看著他的後背。我居然看到林士學的後腦勺上有一張人臉！

那是一張青白色的女人臉，再仔細一看，他的背上貼著一個穿著白色凶服的女人影子。

我低呼一聲，一下子縮到了床鋪一角，抱著被子哆嗦著擠在牆角，不敢再去看了。

過了好一會兒，我發現裏屋沒有任何聲音，四下一片寂靜，這才心情舒緩了一點，稍微伸展一下身體，在床上躺了下來，用被子把自己蒙了起來。

大熱天蒙了厚厚的被子，我感覺全身汗水一滴滴地滑下來，非常難受。我只好側身向外睡，把被子掀開。

就這樣，我側身向外躺著，不去看林士學，不知不覺地睡著了。

不知什麼時候，我迷迷糊糊地醒了過來，發現長壽花燭已經完全滅了，屋裏一片漆黑。我打了個哈欠，翻了個身，準備繼續睡。

不過就在我想要閉眼的時候，不經意向頭上的梁頭看去，竟然看到梁上吊著一個白色的人影。

「嘿啊——」

這次我看得清晰，而且這個白色吊死鬼一樣的人影，我似乎在哪裡見過，我不由驚得大叫一聲，抱著被子從床上滾了下來。

滾下床之後，我連頭都不敢回，就那麼拖著被子，跌跌撞撞地衝到房門口，一頭把房門撞開，整個人就從房門撲了出去。

「呼——」房門打開，一陣冷風迎面吹來，我翻身從地上站起來，也不敢看身後，拖著被子，跑到院子中間。

院子中間是一片平坦的地面，靠邊放著幾張長板凳。我裹著被子，縮身躲到凳子邊上，蹲在地上，這才敢回頭看，發現房門大開著，黑洞洞的，什麼都看不到。

我瞇著眼睛，斜著眼角，仔細地看那個房門，發現房門口除了黑氣繚繞之外，什麼都沒有，這才鬆了一口氣。

我抬頭看看天色，天上掛著一層魚鱗雲，一彎月牙朦朦朧朧地掛在西邊，東邊的天空已經出現了一抹魚肚白。知道馬上就要天亮，我心頭的一塊大石頭落到了地上，知道這一次的任務算是完成了，總算沒給姥爺丟人。

我這麼想著，心裏一放鬆，就打了個哈欠，感覺特別累，竟然就這麼裹著被子，在長板凳下面睡著了。

這一覺睡得相當踏實，我再次醒來的時候，天色已經大亮，太陽還沒有出來，晨風很清涼，吹得院子四周的樹葉「呼啦啦」響。

我打了個哈欠，伸了個懶腰，想去屋裏看看林士學怎樣了。剛起身，就看到林士學一身光鮮，從左邊的靈堂裏走出來。

「小師父，您醒啦？」林士學看著我微笑了一下，走上來幫我把被子放到長板凳上，自己也在凳子上坐下來，點了一根菸，一仰著頭看天空，有些感嘆地吐著煙說道：「天總算亮了啊。」

「你沒事吧？那，那個呢？」

「噢，沒事了，都搞好了，靈堂上供著呢，我把她放回去了。」林士學輕描淡寫地笑道。

我見他說得輕鬆，心情也跟著放鬆下來，仔細地打量林士學，發現他居然神清氣爽，穿了一身筆挺的西裝，氣勢很是不凡，眉宇間那股罡氣比以往更盛了。我不禁對他說道：

「你變厲害了。」

「我知道，她說了，陰陽協調，她借了點玄氣給我中和戾氣，讓我的罡氣又興盛了很多，我還以為只是說說呢，沒想到是真的。」林士學有些得意地笑道。

我愣了一下，有些疑惑地問他：

「你和她說話了？」

「也不算，是做夢來著。」林士學皺了皺眉頭，感嘆道，「假作真時真亦假，真作假時假亦真。真真假假，誰分得清啊。小師父，你分得清嗎？」

「我不懂。」我聽不懂林士學說什麼，「你屋子裏有白飄，這房子以前是不是死過人啊？」

「噢，你說那個啊。」林士學對我神秘地笑了一下，「你猜是怎麼回事？」

「猜不著，我人笨。」我撇撇嘴，不喜歡他和我兜圈子，逗著我玩。

「嘿嘿，小師父，你這話說得可就謙虛了，別人不知道你，我還能不知道嘛，你是真正的神人啊。嘿嘿，遇到你們爺孫倆，是我的造化啊，好啦，我也不和你賣關子了，是這麼回事，紅塵嫁過來的時候，不是一個人，帶了個陪房的丫鬟，當時我們一合計，就讓她和你一起睡外屋了。」

我半天沒說出話來，心裏揣摩這傢伙說的話到底是真的還是假的。

其實，我也不是不相信他的話，我只是覺得他提到苒紅塵的時候，好像真的在說自己的老婆一樣，滿臉親切的樣子，心裏就感覺毛毛的，有些不適應。

「你真能和她說話？她是什麼樣子的？你不害怕？」我皺眉問道。

「不怕，實話說了吧，真假我不知道，總之，昨晚我做了一個很真實的夢。紅塵是我媳婦，已經認定了，這是我的命，注定的。她不兇，人很好，很溫柔，很美，我很喜歡，我打算這輩子都不再娶了。」林士學說著，滿臉幸福神色，但是我卻感覺後背一陣發涼。

「我們什麼時候走？」我不想再和他繼續談論這個問題，就問道。

「快了，小鄭應該快來了，他來了，我先送你回醫院，再去上班。」林士學盯著我手裏的尺，又說道，「對了，昨晚紅塵特地交代了，說你這把尺是陰尺，陰尺剋人，陽尺剋鬼，讓你以後不要再拿這把尺壯膽了，這玩意兒只能對付人，對付不了鬼。」

「噢，我知道了。」我這才醒悟過來，有些扭捏地把尺收了起來。

所有的事情總算都告一個段落了，我心裏鬆了一口氣，心下盤算著，等姥爺的傷勢恢復了，就和他一起回家，然後我就可以去上學了。

我在院子裏走了走，發現靠牆的地方有一眼壓水井，就壓了一點水上來，洗了臉，又喝了一大把。壓水井裏的水很清涼，喝著甜甜的，透心涼，很爽快。我伸伸懶腰，蹦了蹦，感覺整個人神清氣爽，渾身都有力氣。

林士學呵呵笑了一下，問我道：「小師父，你們爺孫倆給我的幫助這麼大，你們有沒有什麼難處？要是有的話，儘管和我說，我幫你們安排。」

我看了看林士學，就對他說：「姥爺眼睛瞎了，我要上學。」

「嗯，是了，這事說起來都是因為我。小師父，你放心，我回頭讓二子跟著你們一起回去，請人伺候老人家，保證讓他安享晚年。小師父，你上幾年級？」林士學問道。

「我還沒上過學，姥爺上次要送我去學校，學校要借讀費，要五百塊，姥爺給不起，才出來算命的。」我對林士學說道。

「噢，是這麼回事啊，行啦，我明白啦，這事我來安排。小師父，這樣吧，你以後就到市中心的小學讀書吧，學費都由我幫你付，住在我家裏，反正單位給我分的房子很大，空著也是空著。」林士學很熱心地說，「對啦，說了半天，還不知道你父母在哪邊呢？」

「他們都在家呢，姥爺要教我本事，不讓我見他們，說是對他們不好。」提起爸媽，我真的有些想家了，心情變得有些黯然。

「那你是不是很想他們啊？」林士學彷彿看穿了我的心思。

「嗯，是有點想了。」我撇著嘴，低聲說道。

「哈哈，那我把他們也一起接到市中心，讓你爸媽都在工廠上班，吃公家飯，你說好不好？」林士學撣撣菸灰，站起身，很大氣地說道。

我雖然不明白他在說什麼，但是覺得他很厲害的樣子，連忙點頭說：「好好！」

「哈哈哈，太好啦，小師父，那以後你就是我的御用陰陽先生啦，有你在我身邊，凡事我都放心啦。」林士學哈哈一笑，叉腰把我抱了起來，原地轉了一圈。

我有些不習慣他的親切舉動，皺著眉頭掰他的手，好容易才把他的手掰開。

林士學也沒在意，嘿嘿一樂，站起身，雙手叉腰，面朝東方，深吸一口氣，朗聲道：

「問蒼茫大地，誰主沉浮啊？嘿嘿，霸氣啊，人生在世，沒有一點豪氣，那是不行啊，我今天算是知道啦！」

林士學說完，又大笑起來，神情和以前截然不同。

「嗚——叱——」

門外傳來一陣急剎車的聲音。

林士學微微一皺眉，低頭拉著我的手道：「走吧，小師父，咱們出發啦。」說完又自言自語道，「這小子今天車子開得這麼猛，看來是找訓啊。」

「表哥，表哥，不好啦，不好啦！」院子的大門被拍得「啪啦啦」直響，傳來了二子焦急的喊聲。

林士學一驚，撒開我的手，對我說了聲：「小師父，你先等一下，可能有事情。」說完就走到門後，抽了門閂，把二子放了進來，問道：

「怎麼了？」

二子走進大門，彎腰喘了一口粗氣，才滿臉焦急地對林士學說道：

「表哥，不好了，老神仙出事了，送急救室了，現在不知道情況怎樣了！」

「什麼?!」我和林士學不由得都是一驚。

「姥爺怎麼了？」我一下子從地上跳了起來，飛跑過去，抱住二子的腿，哭著問他：「姥爺怎樣啦？姥爺怎樣啦？你說，你快說！」

「小師父，你別急啊，讓我慢慢說。」二子被我扯得著急，蹲下來，抓住我的手，說道：

「本來昨天晚上好好的，但是吃早飯的時候，老人家突然就不行了，全身血水淋淋的，在床上直打晃，口吐白沫。醫生也不知道是什麼情況，只能先搶救。老人家還很清醒，抓著我說送急救室也沒有用。我怎麼能同意呢，讓醫生硬把老人家給送進急救室了。我想這事得趕緊通知表哥，就馬上過來了。」

二子又安慰我道：「小師父，你別著急，有我和表哥在，保證你姥爺沒事。」

二子又起身看著林士學問道：「表哥，你看這事怎麼辦？」

「抱上小師父，我也一起去醫院，先問問醫生到底是什麼情況再說，實在不行的話，就轉院，去省裏大醫院！快，快，跟上！」林士學說著率先走出大門，拉開車門坐了進去。

車子風馳電掣地往醫院趕去。

我挨著二子坐在後座，心裏很慌亂，擔心著姥爺的狀況，又想起了姥爺和我說過的那句話。按照姥爺的說法，似乎以後我也會像他現在這樣。這到底是怎麼回事呢？等姥爺病好了，一定要問清楚才行。

車子到了醫院，林士學帶著我們來到急診室外面等著。急診室的門打開了，好幾個穿著白大褂的醫生，皺著眉頭交頭接耳地議論著什麼，從裏面走了出來。

「醫生，老人家什麼情況，怎樣了？」醫生一出來，二子就上去拉住一個，焦急地問道。

那個醫生認識二子，知道他是陪護姥爺的，皺著眉頭搖搖頭嘆氣，遲疑了半天沒有說話。

「醫生，你好，我是林士學，這位老人家是我的救命恩人，我是特地來看他的，請你們盡力救治他，有什麼難處儘管和我說，我會想辦法解決的。」林士學說完，揮手叫過來秘書小鄭，對他使了個眼色。

小鄭連忙走上前，對那個醫生低聲耳語了幾句。那個醫生的臉色立馬變得有些驚駭，上前雙手握住林士學的手，滿臉激動地說道：

「原來是林市長啊，您百忙之中來視察我們的工作，實在是太讓我們感動啦。那個，我剛才沒注意到是您，您別見怪啊。」

「沒事，我是來看看老人家的，你不用緊張。」林士學淡然地笑了一下，「你是老人家的主治醫生吧，你能不能告訴我，老人家到底得的是什麼病，要怎麼治？我也好放心。」

主治醫生臉上的笑容一下子僵住了，鬆開手，摘下眼鏡，擦了半天，這才滿臉羞愧地低頭說道：

「林市長，實話說吧，我無能為力，還不知道老人家得的是什麼病。我已經聯繫過我的導師，他也不知道這是什麼病。到目前為止，似乎還沒有見過這種病例，所以，我實在無法給你答覆。在我們搶救過程中，給患者做了全面檢查，發現患者的身體機能沒有任何問題。但是，患者還是全身崩血，所以，這個病症，我真的，真不好說。」

主治醫生滿臉歉然地對林士學躬身道，「林市長，對不起了，我建議你們還是轉院吧，我們醫院治不了這個病症。」

主治醫生的話，讓林士學和二子面面相覷。

林士學這時已經是副市長了，有了很大的官威，臉色一下就拉下來了，眉頭一皺，冷眼看著主治醫生道：「把你們院長叫來！」

主治醫生嚇得臉色一白，苦聲道：「林市長，我，我說的都是真話，老人家得的是非常罕見無名病症，您，您就別為難我啦——」主治醫生差點沒哭出來。

「士學，不要為難他了，這不是他的錯，我這個病，只有我自己知道，普通人不可能知道的。」

這時，兩個護士把姥爺推了出來。姥爺躺在床上，穿著醫院病服，閉著眼睛，身上和床單上都沒有血跡，面色也還算正常，看來已經度過了危險期。

林士學訓斥主治醫生的話，姥爺在手術室裏聽到了，他出來之後的第一件事就是讓林士學不要為難醫生。

主治醫生聽到姥爺的話，感動得差點哭了出來，一下子撲到姥爺床邊，激動地說道：「老人家，您真的是好人啊，哎，我無能啊，我沒能診斷出這是什麼病。」

「好啦，大夫啊，你們都別再擔心啦，我沒事啦，我自己的病，我自己清楚，你們儘管放心，我會和林市長解釋清楚的。」姥爺摸索著拍拍醫生的手，安慰他道。

主治醫生這才站起身，千恩萬謝地離開了。

等護士把姥爺在病房裏安頓下來之後，林士學這才在床邊一張椅子上坐下來，關切地看著姥爺問道：「老神仙，這個病到底是怎麼回事？」

「沒事，沒事，老毛病啦，年輕時候落下的病根。前些年，我一直沒有發過功，用真氣鎖住了全身氣門，所以一直沒有發作過。這次為了收拾那個小子，我強行發功，結果就散了氣，把老毛病給引起來了。」

姥爺輕聲咳嗽了一下，岔開話題，問林士學道：

「昨天晚上，都還順利麼？我實話和你說吧，你娶的是我的師祖，雖然支派不同，歲月變遷，但是山高遮不住太陽，輩分在那兒擺著，所以按道理來說，你現在的輩分遠遠在我之上啊。」

「哎，老神仙，您說笑了，我哪有那個福分啊，我就是沾沾她的光。以後，我有什麼想不明白的關節，有什麼走不通的路子，還要您老人家指點迷津啊。我看這樣吧，既然您這個病是老毛病，不如我給您找個地方靜心養病吧。」林士學看到我，又補充道，「另外，我聽說小師父上學遇到了一點困難，我就一起給安排吧。我希望小師父進我們市中心小學讀書，教學條件好一些，將來肯定有出息。」

姥爺微微皺著眉頭，沉吟了一下，說道：

「這個恐怕不行。大同得跟在我身邊才行，我的時間不多了，趁我還能喘氣，我要把這點活計都教給他。」

「那您老也留在市區養病唄。您放心，我在市區有房子空著呢，很方便的，我再給您請個保姆照顧生活，您看這樣行麼？」林士學問道。

「市區不好，我還是喜歡清靜一點的地方。」姥爺靠近林士學的耳邊低聲道，「這個案子雖然你辦得很完美，但是保不準上級不會再來人查看情況，那兩個人在這裏出了事，他們背後的勢力不會就此甘休的。我要是留在市區，萬一被他們發現了，麻煩就大了，所以我還是回鄉下為好。你就好好做你的事，有什麼問題再來找我。」

「這個……」林士學遲疑了一下，似乎有些過意不去，躊躇了半天，忽然一拍手道：「嘿，我怎麼早沒想到呢？」

林士學激動地握著姥爺的手，「老神仙，你放心吧，我有個好去處，可以讓你安心養病，又能讓小師父好好讀書上學。而且非常清靜。你原來住的地方離學校太遠啦，而且那個學校是一個很偏僻的小學，師資力量薄弱，咱們可不能讓小師父去那裏讀書啊。」

「嗯，你先說說看。」聽說林士學有兩全其美的辦法，姥爺也有些期待。

林士學低頭靠近姥爺耳邊低聲耳語了幾句。

姥爺面露喜色，點頭道：「那好吧，這個事情就按照你說的辦吧。不過，讓你這麼為我們爺孫倆破費，我心裏真有些過意不去啊。」

「嘿嘿，老神仙，咱們就別說見外的話啦，您老對我的恩情，可不是這麼一點點小事就可以報答的。我現在父母都不在了，以後啊，您就是我的高堂，我照顧您，有什麼事情儘管找我。」林士學握著姥爺的手。

姥爺微笑著點了點頭道：

「好啦，你小子啊，就別跟我來這個了。你的好意我領了，你心裏那點事，我也都知道，我是肯定會幫你到底的，出了任何問題，你儘管找我，我就是拼了老命，也會幫你擺平的，你就放心吧。」

「嗯，好咧，老神仙，那我先謝謝您啦。」林士學心花怒放地站起身來，把二子叫了過來，對他耳語了幾句，讓他出去安排去了。

林士學把我抱起來，放到姥爺的床邊，拉著我的手，又問姥爺道：

「老神仙，你這個病，真的沒事吧？我怎麼好像聽說，小師父以後也會和你一樣得這個病啊，這是怎麼回事？」

「是二子和你說的吧？」姥爺微微一笑，低聲嘆了口氣，「這個事情啊，不是你們能夠解決的，就不要問啦。我也沒有辦法，這是大同這孩子注定的命。不過，也說不定他的運氣好，能躲過去，哎，但是難啊。」

「老人家，到底是怎麼回事啊？」林士學低聲問道。

「不說啦，你也別問了。對了，我倒是要問你一個事情，你這次升遷後，管哪個系統的？」姥爺問道。

「我現在管文教，不是搞那個古墓嘛，在建博物館，上頭批了款。不過嘛，原來單位那邊還是賣我面子的，老神仙，你是不是有什麼事情要做？」

林士學心眼十分通透，一聽姥爺的話就明白了大概。

「嗯，我想請你幫著留心京城那邊來的人，萬一有情況，也好及時發現。」姥爺低聲道。

「這個您放心，我早就安排好了，我罩得住，這一點，您老放心好了。」林士學皺眉想了一下，「老神仙，您去療養院之前，要不要先回家一趟？我讓二子開車送你們回去，您老有什麼要帶過來的東西，用車子拉回來好了。」

「嗯，這些小事，我和二子商量著辦就行啦，你就別過問啦，你啊，現在最重要的事情，是好好地走你的路啊，你這前程還遠著呢。」姥爺摸索著拍了拍林士學的手，語重心長地說道。

「哈哈，遠點好，遠點好。」林士學嘿嘿笑道。

第廿六章

練功場所

「嘿嘿，沒事，這裏氣氛詭異，正好符合我的要求，
我要傳授大同一些師門活計，這裏正好是一處上好的練功場所。」
姥爺說著喊了我一聲，對我說道：「大同，看看。」

林士學走了之後沒多久，二子就回來了，問姥爺是現在就出發，還是再住院觀察幾天。姥爺搖了搖頭說不用住院了，就讓二子扶著出院了。

二子開著車子，載著我和姥爺一路出了市區，來到姥爺在河邊的房子前。

終於又回到家啦，我很高興，第一個跳下車，站在河邊的大柳樹下，四下看了看，雖然走了很多天，但是這裏的一切都沒有變，還是那樣親切和熟悉。

姥爺在二子的攙扶下，走到屋了門口就停住了，說道：「二子，你先在這裏等一下，我和大同先進去弄點東西。」

「好咧，老神仙，我就在這兒等著。你們門派的絕活，我絕對不會偷看的，這規矩我懂。」二子鬆開了姥爺的手臂，姥爺對我招了招手，叫我過去。

我走過去，拉住姥爺的手，和姥爺一起走進屋子裏。

姥爺站在屋子中央，伸手四下摸了摸，很有些感傷地嘆了口氣，接著才摸索著走到最裏面，低聲念了一道咒語，揭了木板上的紙符，把木板拉開了，拖出了那口大箱子。

姥爺把二子叫了進來，讓他把箱子搬到車上去。

二子一下扛起箱子，大步走了出去，沒一會兒就搓著手走了進來，問姥爺還有什麼要搬的。

姥爺搖搖頭，準備跟著二子上車，剛走到門口，又停下了，側耳聽了一會兒，咂咂嘴道：「這氣味有點奇怪啊，這是，嗯，不對，大同，你去看看屋後的西瓜地，西瓜現在應該都熟了吧，你摘幾個咱們帶走，不帶上爛了也浪費。」

我感到一頭霧水，沒明白姥爺在說什麼。

二子聽說有西瓜，兩眼一亮道：「哎呀，老神仙，你怎不早說呢？我最喜歡吃沙田的西瓜了，特別甜。瓜地就在屋後是吧？行咧，您等一下，我和小師父一起去，咱們摘一車瓜拉走。」

二子說完，不等姥爺回答，拉起我的手就走。

姥爺伸了伸手，似乎想要阻攔，卻微微嘆了一口氣，把手放下了，在屋前的青石上坐了下來。

我和二子繞過屋子，來到後面的西瓜地邊，發現西瓜地綠油油的一片，瓜秧子裏，很多花皮大西瓜在陽光下閃亮閃亮的，一看就很新鮮好吃的樣子。

二子嘴饞，抄手就摘下一隻幾斤重的西瓜，彈了彈，一拳頭砸下，「砰」的一聲把西瓜砸炸裂開，西瓜水流了一地。

二子兩手一掰，把西瓜掰開，對著大紅瓜瓤就是一口，鼓著腮幫子嚼著，嘟囔著叫道：「嘿，甜，來，小師父，你也嘗嘗！」

二子遞了一半西瓜給我。我捧著西瓜咬了一口，一邊走到瓜地裏，想選幾個比較熟的帶走。

就在這時，我眼角突然一動，閃過了一道黑影。

我警覺地抬頭往側面樹林裏看，看到一雙小眼睛正在盯著我，再仔細一看，發現正是那個長著小鬍子的小孩。

小鬍子躲在樹林裏，眼巴巴地看著我，對我擠眉弄眼的，就是不敢說話。

我猜到他是害怕二子，於是對他點點頭，轉身對二子說：

「我肚子疼，要拉屎，你先在這裏摘吧，摘完搬到車上，我拉完屎就去找你。」

「去吧，去吧。」二子對我揮了揮手，呼嚕嚕地吃著西瓜，又彎腰在西瓜地裏這個彈彈，那個摸摸，挑選起來。

我走進了樹林。小鬍子上來一把攥住我的手，拉著我就跑。

我沒有出聲，跟著他一溜小跑，一直跑到一處樹冠遮天、青草茂盛的小山溝裏，這才停了下來。

「你，你這些天都跑到哪裡去了？我怎麼找不到你了？」小鬍子有些委屈地問我。

「我和姥爺去市裡了，要賺錢交學費。你找我做什麼？」我問道。

「我給你摘的棗子，都爛掉了，你看。」小翳子說著，扒開了旁邊的草叢。

我伸頭看了一下，發現草叢地下果然有好些爛棗子，心裏不由得有些感動，就安慰他道：「好了，我這不是回來了嗎？」

「嗯，你是不是馬上就要去上學了？」小翳子睜大眼睛問我。

我想起了一件事情，對他說道：「我是要去上學了，不過是在一個很遠的地方。姥爺要去那邊養病，可能，可能很久都不回來啦。你，你——」我看著小翳子，感覺有些對不住他。

「啊？那有多遠，在什麼地方？是不是在你說的那個什麼市裡？」小翳子很緊張地問我。

我搖搖頭說，不是在城市裏，是在山上。

「哈哈，那就好辦啦。」小翳子嘻嘻一笑，從懷裏掏出一隻碧綠色的小哨子，塞到我手裏，對我說道：「這個你帶著，你到了那裏，就吹，我就能聽到，會來找你。你可是說過要教我寫字的，不許耍賴。」小翳子看著我，滿臉的期待。

我對他點了點頭，說道：「你放心，我不耍賴。」

「嗯，那就好，哈哈，那你先去吧，記得吹這個叫我。」小翳子推了推我，讓我回去。

我點了點頭，回身走了幾步，回頭想和他說聲再見，卻發現他已經沒影了。我就對著樹林道了別，然後回到了西瓜地。

這時，二子捲著褲腿，蹲在地邊上，一邊抽菸，一邊吃西瓜。見到我回來，二子嘿嘿一樂，就問我怎麼去了那麼久，他一車西瓜都摘好了。

我說我拉肚子了，他也沒有在意，到河邊洗了洗手，把姥爺扶上了車，載著我和姥爺重新出發了。

「姥爺，我們這是去哪兒？」我想起了小鬍子的話，就問姥爺。

姥爺微微搖了搖頭，說道：「這個我也不是很清楚，你得問二子。」

二子說道：「小師父，咱們這是去馬凌山療養院。知道那個地方不？」

「不知道。」我說。

「嘿嘿，那我得給你好好介紹介紹了。我告訴你啊，小師父，這馬凌山可不是一般的地方啊，療養院裏住著很多老幹部。環境清靜，獨門獨戶的小院，而且醫生隨叫隨到，定期檢查身體，你說好不好？」二子有些興奮地繼續說道，「離療養院不遠，就是青絲仙瀑布，那兒的風景更美，以後你們可以常去那兒轉轉。」

「嗯，好。那大同上學的地方，離那兒不遠吧？」姥爺問道。

「不遠，小師父上學的學校就在山下小鎮旁，馬凌山小學是市重點小學，我表哥早就安排好了，咱們啊，直接入學，中午還管午飯。小師父，你這次去讀書，可要好好學習啊，可別像我，都這麼大人了，斗大的字不識一籮筐！」二子有些希冀地看了看我。

我點點頭說：「你放心，我肯定好好學，學好了，回頭我教你。」

「得，你還是別教我了，我最討厭讀書了。你喜歡學，就自己受用，別折騰我啦，我現在不是也活得挺好麼？咱多自由神氣啊，跟著表哥，吃香的喝辣的。」二子說著，滿嘴唾沫星子都飛了起來，越來越得意。

姥爺臉上含笑，沒有說話，我也只把他的話當耳邊風了。

二子開著車，繞到了馬凌山另外一側，沿著一條綠樹掩映的盤山公路一路往上，在山腰一處地勢平坦的山坡上停了下來。

我向車外看去，寬闊的水泥路傾斜著向山上通去，沒入了一大片竹林松海之中，其中有許多紅磚碧瓦的房子，有些房子還是雙層的，有紅色的圍牆。那些房子的位置很集中，在方圓幾公里之內，房子外圍還有一圈大圍牆。

大院子的圍牆是青磚的，山風吹拂竹林，很幽靜。朱紅的大木門是開著的，但是門內靠邊的地方有一間小房子，裏面坐著一個身材很胖的大叔。

二子扶著姥爺下車，我們一起走到大門口。門衛大叔出來問了一聲，二子從口袋裏掏出一個證件對他晃了晃，門衛就點點頭，回到自己的小屋裏去了。

進了院門，我們走上一條傾斜向上的青石路，路兩邊都是翠綠的竹子和遒勁的老松樹，氣氛有些陰森。我抬頭向上看，能夠看到山上有一些影影綽綽的房角。

姥爺在二子的攙扶下一路走著，一直沒有說話，但是走進院子沒多久，突然一把抓住二子的手臂，低沉地說道：「停一下。」

「老神仙，怎啦？」二子被姥爺的聲音嚇了一跳，有些疑惑。

「嗯，不太對頭，我從到這個地方開始，就感覺很陰冷，這兒不乾淨。」姥爺微微皺眉，咂嘴說道，「正氣罡氣也有，但是陰森的鬼氣也不少，這裏的氣氛很古怪，給我感覺好像有兩股一冷一熱的氣息正在戰鬥拼殺一般，戾氣很凶。住在這裏的人，要是沒有足夠的陽剛之氣或者正直罡氣，絕對活不了多久。」

二子的神情有些變了，他猶豫了一下，問姥爺道：

「那，老神仙，要不，咱不住這兒了？」

「也不用。」姥爺擺擺手，微微一笑，點頭道：「這兒正好。」

「咦，老神仙，你到底是什麼意思啊？把我都弄糊塗了。」二子有些摸不著頭腦。

「嘿嘿，沒事，我的意思是，這裏雖然氣氛詭異，但是正好符合我的要求，我要傳授大同一些師門活計，這裏正好是一處上好的練功場所。」姥爺說著喊了我一聲，對我說道：「大同，看看。」

我知道姥爺是讓我看山上的氣息如何，連忙答應了一聲，走上前，微微彎腰眯眼，用眼角的餘光向山上看去。

這麼一看之下，我立刻發現了異常。山頭之上，那些掩映在松竹林中的房屋，居然都隱隱籠罩在一團團黑氣之中。再仔細一看，我又發現，被黑氣籠罩的房屋，只有靠近側邊山坡的幾座，餘下的其他房屋，卻閃著一層層淡淡金光，很是光明耀眼。

靠邊那幾座房屋上的黑氣非常陰森寒冷，氣勢很盛，隨著山風四下蔓延，不停衝擊著其他房屋上的金光。而其他房屋上的金光雖然很淡，但是很硬朗，如同防護罩一般，把房屋都護住了，硬是阻止了黑氣的蔓延。也就是說，黑氣和金光，這會兒還在不停地互相衝擊，是在互相磨蝕和消耗的。

這種狀況真的是難得一見的奇異場景。山林寂靜，但是底下卻殺伐氣息凝重，彷彿金戈鐵馬，戰火紛飛，戾氣十足。

姥爺是專修鬼事的高人，對這種氣息極為敏感，雖然現在他看不到了，但是一下子就覺察到了這股戾氣。我瞇眼看清楚之後，站起身，把看到的情況對姥爺說了。

姥爺微笑著點頭道：「果然是個陰煞沖陽的膠著場所，嘿嘿，這下好辦了，走吧，大同，咱們上去。」

我點頭答應了一聲，上前拉著他手，給他領路。

二子有些猶豫地跟在後面，歪著腦袋疑惑了半天之後，才跑上來，嘟囔道：「好吧，既然你們是高人，那我也就不說什麼了。我領你們去小院子。」

我們走上一條岔道山路，來到一處地勢很平坦的小山坡上。小山坡上坐落著一個小院子，院子周圍種著松柏青竹，很是幽靜。

院子大門開著，裏面站著兩個人，都是四十來歲的女人，一個穿著白大褂，一個穿了一身藍色的制服。見到二子來了，兩個人一起迎出門來。

二子管那個白大褂的叫侯醫生，向她介紹了姥爺和我，讓她以後定期給姥爺檢查調養身體。侯醫生爽快地答應了，拿著本子把姥爺的情況詳細記錄了才離開。

二子帶著我們參觀院子。院子是四方小院，裏面種植了很多花木，我都叫不出名字。屋子只有一排紅磚碧瓦的小瓦房，坐北朝南，東頭兩間是連通的臥室兼餐廳，西頭一間裏放著鍋碗瓢勺，是廚房。

那個穿藍制服的叫張阿姨，是專門負責給姥爺做飯，照顧姥爺生活起居的全職保姆。不過她只是白天來照看，晚上回家住，她家就在山下。張阿姨是林士學請來的，人很利索，還識字。

二子對她簡單地交代了情況，她點頭應承下來，然後就開始打掃院子，搞衛生。屋子在我們來之前，她已經都收拾好了。

二子扶著姥爺在堂屋的大桌子前坐下來，四下查看，發現生活用品都很齊全，這才點了點頭坐下來，端著茶杯「咕咚咕咚」地喝了幾口茶，對姥爺說道：

「老神仙，這地方不錯，您就在這兒好好住著，好好養病。有什麼事情，您儘管交代，我每個月都會來看您的。」

「嗯，不錯，謝謝你了。」姥爺很客氣地說道。

「嗨，別那麼客氣啦。」二子一撇嘴，擺了擺手，又想到了什麼，抬起手腕看了看表，皺眉道：「這都下午一點多了，那個，老人家，要不您先休息一下，我下午和學校校長約好了，要帶大同去報名。」

「嗯，行，你帶大同去吧，麻煩你了。」姥爺說道，「車上的東西，你搬進來吧，我有用處。」

「好咧，我等下就弄進來。」二子出去轉了一圈，也不知道從哪裡找了兩個人，指使他們去搬東西了，他自己則回到院子裏，坐在花壇上，蹺著二郎腿，一邊抽菸，一邊和掃地的張阿姨吹牛皮。

不大一會兒，姥爺的黑箱子和車上的西瓜都搬進來了。

二子很爽快地挑了三隻大西瓜，給那兩個人和張阿姨一人一個。他們得了西瓜，都滿心歡喜，連連稱謝。

東西都放好了，二子和姥爺招呼了一聲，就要帶著我下山了。

在我臨走的時候，姥爺讓我記住自己的新名字。我知道姥爺是讓我報名的時候別用真名，就答應了。姥爺這才放下心來，回屋裏搗鼓他的黑箱子去了。

二子吹著口哨，載著我一路來到山腳的小鎮邊上，在一所小學校前停了下來。

二子跳下車，幫我拉開車門，然後一揮手，指著那所小學校的校門道：「怎麼樣？小師父，這學校很漂亮吧？」

我滿心希冀地抬頭向學校看去，這一看之下，卻心裏一沉，發現學校的上空居然盤旋著一股極為陰森恐怖的黑氣。

馬凌山小學，是沭河市的一所重點小學，在馬凌山鎮的西北角，馬凌山腳下。

學校的位置很好，門前是一條寬敞的水泥路，直通馬凌山景區，路兩邊栽著綠柳，據說陽春三月的時候，綠柳如絲，柳絮紛飛，有「十里如煙」的美景。最近的居民區距離學校有一公里遠，所以學校的環境很安靜，很適合讀書學習。

不過，就是這樣一所天時地利人和俱佳的學校，在我看來，卻是一個大凶的去處。

學校的校門是朝北開的，前面是一圈近三米高的大圍牆，當中是鐵欄大門，雖然是白天，也緊緊關著。透過大鐵門，可以看到校園主幹道兩邊的花壇裏，步步登高和虞美人正火紅一片，非常晃眼。還有青石交錯的小路，高高的教學樓和寬闊平坦的操場。

一層蜘網一般的黑氣，將這麼一片欣欣向榮的景象籠罩了起來，我感到窒息，彷彿這個學校是被裝在一個蛇皮袋子裏，非常憋悶。

我跟著二子走向校門，一路睜大眼睛，小心查看著。我這才發現，黑氣其實是來源於校園的地面。校園的地面不是花壇就是石子路，其他地方是鋪著塑膠的操場，已經基本看不出原本的模樣。就是這樣的地面，不停地冒出一股股陰寒的黑氣來，在校園上空凝結。

我心裏不由得有些發毛。一般來說，能夠有這麼密集的黑氣的地方，大多都是極為骯髒之地，比如亂墳崗，那是黑氣最密集的地方，每一座墳頭都有黑氣冒出。其他地方如果不是有很多墳墓，真的很難有這麼密集的黑氣。

可是，現在這個學校的地面上，居然冒出這麼多黑氣，這是怎麼回事呢？難道說，這個學校是建在亂墳崗上的嗎？

我心裏帶著疑問，跟著二子來到學校大門口。看門的老大爺拿起大門警衛室的電話，給校長室打了過去。

不久，校園的主幹道上出現了三個人。一個是有些發福、臉色白淨、頭髮有些花白的中年人，另外兩個是三十多歲、穿著西裝、很有精神的人。

中年人一到我們面前，就滿臉堆笑地一把握住二子的手，自我介紹道：

「你好，你好，我是校長，這兩位是教務主任和訓導主任，歡迎張先生把孩子送來我們這裏啊。」

二子見校長這麼殷勤，也咧嘴拽了起來，握了握他的手，然後把我拉到面前，說道：

「校長，這位就是我的——哦，孩子。那個，從今天起，我可就把他交給你們了啊，你們可要負責地好好教他啊。」

「那是，那是，您放心吧，市長把這個光榮的任務交給我了，我就一定會做好的。走走，這裏太熱，咱們到辦公室裏去談，那裏涼快。」

校長滿臉堆笑地說著話，拉著我和二子走到一棟教學樓前，上了三樓，進了一間很寬敞、放著沙發的辦公室。

辦公室開著窗戶，很亮堂，頂上有一個老大的吊扇，「呼嚕嚕」地轉著，很涼快，很舒服。

校長先讓我們坐下，讓我們喝茶水、吃水果，這才坐到我們對面，拿起一個記錄本，開始詢問起我的情況。

他問我叫什麼名字，我就告訴他，我叫方曉，方圓的方，破曉的曉。

校長一邊寫我的名字，一邊有些訝異地看著我說：

「方曉同學啊，你這麼小的年紀，居然都知道自己的名字是怎麼回事啦，不簡單啊。你今年幾歲啊？」

「七歲了，六月初六生的。」我說了自己的年齡，心裏對他的話有些不屑，暗嘆我不就是會寫自己的名字麼？這有什麼奇怪嗎？

校長點了點頭，又詢問了家庭住址、父母姓名之類的問題，我想起了姥爺的囑咐，一概用搖頭對答。校長有些好奇，瞥眼看了看二子，發現二子正在吃著葡萄，也沒有回答的意思，只好嘆了口氣，在記錄本子上隨便寫了個地方，然後就交代別人幫我安排手續去了。

校長叫來了一位二十來歲的女老師，讓她給我做一個入學測試，看看我能不能跟上班裏的學習進度，如果不行的話，就準備給我另外加強。

女老師長髮披肩，穿著連衣裙，皮膚很白，眼睛很大，嘴唇紅紅的，聲音軟軟的，身上香香的，很文靜，她自我介紹是李老師。她在我旁邊坐了下來，拿了一張白紙，問我會不會寫字，會不會數數，能數到多少。

我告訴她，我會數到一百多，會寫自己的名字，還有「大小多少」這些簡單的字。

她又問了我一些加減乘除的問題，問題很簡單，我很快就答出來了。這讓她感到很驚奇，興奮地向校長彙報說：「校長，這孩子很聰明，絕對跟得上，不如你就讓他到我的班上吧，跟班走，我來負責教他。」

「好啊，小李，那就這樣吧，你帶他下去領課本，安排座位，這孩子可就交給你了，可不要給我教成個泥蛋子，不然的話，我可交不了差啊。」校長說著，靠近李老師，故意壓低聲音對她說道：「這可是林市長的關係，你好好把握機會。嘿嘿，這次啊，我可是特別照顧你啊，你回去了，有空可要幫我向你爸爸美言幾句啊，我這個位置坐了很多年啦，也該提拔青年人上來了。」

「好啦，我知道啦，您就放心吧。」李老師微微一笑，過來拉著我的手，很溫柔地對我說：「方曉同學，走吧，老師帶你去領課本。」

「喂喂，那個。」這時二子跟了上來，伸手道，「您好，我是，張，二，噢，張二山。李老師，我們家方曉可就交給你了，您可要幫我們好好培養啊，我先謝謝您了。」

「嘻嘻，教書育人，是我的本分，張先生不用謝的。」李老師說話很文氣，她很客氣地和二子握了握手，領著我出了校長室。

二子還想說點什麼，他咽了咽口水，有些尷尬地撓了撓頭，回身進了校長室，和校長繼續談話了。

鎮派之寶

「你手裏那把尺叫什麼，知道吧？」姥爺又問我。

「陰魂尺。」我把腰裏的尺抽了出來。

「不錯，你那把叫陰魂尺，我這把叫陽魂尺，這是一對法器，是我們陰陽師門的鎮派之寶，是歷代祖師爺的精魂所鑄。」

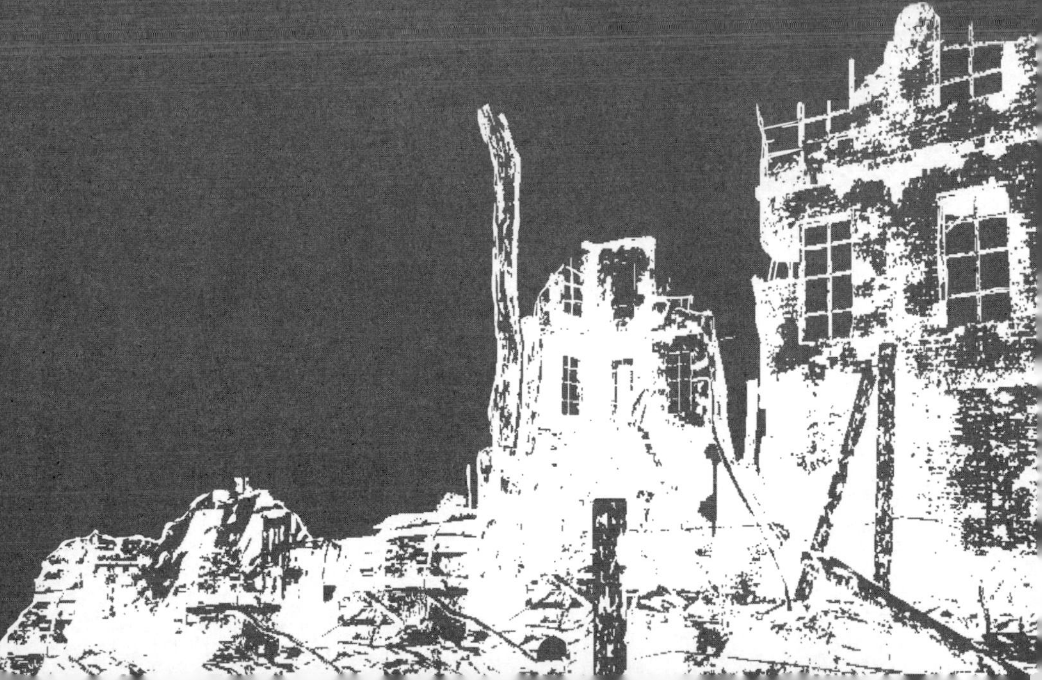

李老師領著我，一邊走，一邊問我是哪裡的，家裏爸媽是幹什麼的之類問題，我一概都沒有回答，反問她道：「你爸爸是大官，對嗎？」

李老師一下子臉紅了，有些尷尬地笑著，拍了拍我的腦袋，問道：「小鬼精靈，你怎麼知道的？」

「校長不是和你說悄悄話了嗎？我聽到了。」我對著李老師撇了撇嘴，然後鬆開了她的手，很認真地對她說：「老師，我沒上過學，沒讀過書，文化課我需要你教我，但是，其他東西可就不需要了，我不是小孩子了哦。」

「啊？」李老師被我的小大人語氣嚇了一跳，有些驚愕地問道：「你，你到底幾歲了？」

我連忙改口用小孩的語氣說道：「老師，我要尿尿，廁所在哪裡啊？」

李老師這才恢復了一點正常，但是依舊有些好奇地上下打量我，喃喃自語道：「現在的孩子都很早熟啊。」說完，帶著我去了廁所。

我本來不想尿尿，就到廁所轉了一圈，認了路，就出來和她領書本去了。

李老師不但給我發了書本，還給了我文具盒和一個綠色帆布書包，斜挎在肩上的。文具盒裏有全套文具，鉛筆橡皮擦小刀等，我也不會用，只覺得書本的墨香挺好聞的。

李老師幫我把書本往書包裏裝好，領著我去了一棟教學大樓，走進一間教室。教室窗明几淨，很寬敞亮堂，裏面坐了很多小孩子，可能是在下課時間吧，都在打打鬧鬧、交頭接耳的。

見到我和李老師進去，他們一下子安靜下來了，一邊對我指指點點，一邊交頭接耳地說話，還不時偷偷發笑。我被他們盯得有些不自在，就往李老師身後躲了躲。

李老師這時察覺出來有些不對勁，回頭看了看我，這才發現我身上的衣服很破舊，於是皺了皺眉頭，對那些學生說道：「都坐好了，這是我們班新轉來的同學，叫方曉，以後就在我們班上課了。」

李老師對那些學生介紹完我，指了指靠近牆邊的一個空位子對我說：「方曉，以後上學，你就坐在這兒。」

我對李老師點了點頭，記住了那個位置，問她道：「今天要上學嗎？」

「本來要上的，不過不用了，你先跟我來。」李老師說完，又領著我回到了校長辦公室。

在校長辦公室門外，我就聽到二子和校長高聲地說話吹牛皮，好像很爽的樣子。

李老師敲了敲門，進去告訴校長，說書本已經領了，座位也安排好了。校長點了點頭，讓她給我安排接下來的事情。

李老師點了點頭，對二子輕輕招了招手，說道：

「張先生，你可以和我來一下嗎，我有點事情和你說一下。」

二子聽了，受寵若驚，提了提褲腰帶，跟了出來，很殷勤地問道：「啥，啥事？」

「那個，張先生。」李老師抬頭看了看二子，「你等下帶方曉同學去買幾套衣服吧，他穿這身衣服來上學，可能會被同學們看不起的，小孩子的自尊心很強，這一點你可要注意啊。」

「操，誰敢看不起我小師父?!」

二子一聽李老師的話，立刻火冒三丈，有些兜不住了，但是隨即意識到自己說錯話了，連忙一捂嘴，訕笑了一下，滿臉不好意思地對李老師說道：「啊呀，這個啊，是我的疏忽，是我的疏忽，您見諒，您放心，我現在就帶他買衣服去。」

二子說著抱起我，逃也似的跑了出來。

一路抱著我跑到學校大門口，把我放到車子邊上，二子這才喘了口氣，有些憤憤地吐了口唾沫道：「娘的，小師父，你以後在這上學讀書，要是有誰敢欺負你，你別手軟，只管揍他們，出了事我兜著。」

我沒當回事，繼續扭頭看著校園裏的黑氣，對二子說道：「這個學校的髒氣很重。」

「那是，都是鎮上那些嬌生慣養的嬌孩子，不說啦，走吧，小師父，咱們買衣服去，我給你買一大堆衣服，你回去慢慢穿，咱們買最好的，看比得上他們那些小兔崽子不！」二子誤會了我的話，罵罵咧咧地說著，拉我上了車，開車往鎮上的市集趕去。

我沒有說什麼，皺著眉頭坐在車裏琢磨著，這學校的陰氣這麼重，為什麼校長老師和那些小孩子都沒有發生什麼事情呢？

在我的印象中，這麼濃重的陰氣，正常人在裏面待久了，身體是肯定要垮掉的，但是今天我發現學校裏的老師和同學都很健康，這就讓我感到很好奇了。

我問二子：「這個學校以前是不是墳堆？」

「嗯？」二子愣了一下，皺眉道：「這個不知道啊。不過，我聽說，現在很多新建的學校都是剷平了亂墳堆建起來的，破除迷信嘛。學校啊，那是學習科學文化的地方，孩子們火氣旺，當然不怕了。這個學校的情況，我不太清楚。小師父，你是不是發現了什麼異常？和我說說唄。」

二子知道我的能力，見我提起這個話題，挺好奇地問我。

我就如實把我見到的情況和他說了。二子一聽，拍了一下腦袋道：「這好辦，等下就可以確認。」

二子帶著我進了一家商場，一邊給我挑衣服，一邊和那個老闆聊天，提起了馬凌山小學，然後隨口問道：「這個學校好像剛建起來沒幾年吧，我記得那裏以前好像是墳地啊。」

「哎呀呀，誰說不是呢，那個地方原來是個亂葬崗，後來填平了，建了學校。」老闆是本地人，自然知道學校的情況，他很神秘地對二子說道：「聽說啊，那個學校到現在還鬧鬼呢。」

「鬧鬼？怎麼個鬧法？」二子一下來了興致，瞇著小眼睛，盯著老闆追問道。

這個老闆五十歲左右，是個話匣子，而且見到二子買衣服十分大手筆，心裏很舒服，就拉著二子坐下，一邊抽菸一邊扯了起來。

二子把一堆衣服塞給我，讓我自己去試穿，看中哪件就拿哪件。我哪有心思試衣服，隨手挑了幾件還算俐落的衣服，然後坐在門檻上，聽那個老闆講學校鬧鬼的事情。

「這個事情啊，傳說很久啦，據說到現在還有呢。」老闆咂咂嘴，「以前學校抓教學抓得緊啊，下午上四節課，第四節課下課的時候，天都濛濛黑了。那些小學生不是還有留下來打掃衛生的嘛，叫什麼來著，值日生啊。他們值完日，天就黑了。據說，這事就是從那會兒開始的，有個值日的小女孩到廁所去打水，結果你猜她看到啥了？」

「看到啥了？」二子瞪著小眼睛問道。

「她說看到廁所地上躺著很多人，橫七豎八的，黑乎乎的沒有看清是誰，一開燈，看到都是白骨頭穿著衣服。嘿，你說一個小女孩看到這個場面，還不嚇得爹媽都不認識啦？結果那孩子被嚇瘋了。」

老闆說到這裏，瞥眼看了看我和二子，「這事後來壓下了，學校說是小女孩看錯了。這事過了沒多久，又有一群小孩子留下來值日，打掃完衛生背著書包一起回家，看到校園的操場上有很多人影晃來晃去。一開始他們好奇，心說怎麼大晚上還這麼多人在操場上？於是一塊兒過去一看，結果你猜怎麼著，他們幾個小娃子，愣是在操場上轉了一夜沒走出來，第二天被發現的時候，一個個臉都嚇青了，掉了魂一樣。有兩個小孩從那以後啊，這兒都不太好使了。」老闆拿手指戳了戳自己的腦袋。

「還有啥？發生了這麼多事情，死過人沒有？」二子越發起勁，給老闆遞了一根菸，讓他繼續講。

「死過人啊，就是因為死了人，後來他們才害怕了啊，下午就只上兩節課了，太陽老高的時候就放學。我的女兒去年才從那個學校畢業呢。」老闆皺皺眉頭道，「不過，那個死掉的孩子啊，死法也太離奇了，都傳得真真的，但是不是真的，我還真不知道，所以啊，這個不能亂講。」

「講講嘛，來，老闆，這包菸你拿著抽。」二子被老闆的話勾得心癢癢的，直接遞上一包菸。

那個老闆拿了菸，推脫不過，咂咂嘴，瞇著眼睛講道：

「死掉的孩子是個女娃，剛上一年級，下午放學後留下來值日，天黑了，她家有點遠，正好家裏父母也心寬，沒來接她，結果她和同學分開之後，沒找著路回去，也不知道怎麼回事，就走到了學校後面的一個水溝裏，活活淹死在裏面了。據說撈上來的時候，那個女娃滿嘴滿眼都是淤泥，兩隻小手攥得緊緊的，咬牙切齒的，好像是被人掐死的，全身都憋青了，很駭人。」

商場老闆講完女娃淹死的故事之後，斜著眼睛看了看我們，有些故意地問二子：「你是不是要帶這個娃娃去那個學校上學啊？」

「啊？」二子這時候才從那個女孩的故事裏回過神來，哼了一聲，抹了抹嘴，打了個哈哈道：「嘿嘿，哪兒能呢，那個鬼地方，我們才不去呢。」

二子說完，皺著眉頭，心情明顯有些緊張地起身，把我挑選的衣服整理了一下，付了錢，匆匆地帶著我回到車裏。

二子一屁股坐到駕駛座上，喘了一口粗氣，對著後視鏡瞪了半天，這才滿臉嚴肅地轉身看著我說：「小師父，我看那個學校確實怪凶的，要不，咱就不去哪裡讀書了，行不？」

我知道二子是關心我，但是覺得他有些緊張過度了，就對他說道：「沒事的，那麼多孩子不是也在那裏讀書嗎？也沒有什麼事情發生啊。」

「小師父啊，那些小孩子，他們都是泥蛋子，懂個屁啊？老大一個鬼站在他們面前，他們也看不到啊。小師父，你就不同了，你是這方面的行家啊，你看得到啊。這個，既然能夠看到，就保不準鬧出什麼意外啊。所以啊，我覺得保險起見，咱們還是換個學校吧，把你放在這個地方，我不放心啊。」二子那眼神是真心為我擔心。

我琢磨了一下他的話，覺得他說得也有道理，皺眉想了一會兒，就對他說：「那我們先回去吧，問問姥爺再說。」

「嗯，也對，咱們問問老神仙去，他老人家肯定有辦法。」二子的心情總算放鬆了一點，又張羅著給我買了一大堆東西。

「以後我不能經常來接你上下學，這個小自行車，你學著騎，上學放學也方便些。」二子考慮得很周全，不但給我買了很多好吃好玩的，還給我買了一輛小自行車，聽說還是上海產的，品質很好。那個時候我還不會騎自行車，準備回去慢慢學。

我們回到療養院的時候，姥爺已經背著手，站在小院門口等著我們了。

二子把東西都搬進去之後，就把我們聽到的關於那個學校鬧鬼的事情，和姥爺說了。

姥爺聽了之後呵呵一笑，拿起長煙斗抽了幾口，咳嗽了幾聲，側著頭說道：「正好，正好，一步步來。」

「啥？」二子滿臉奇怪地問道。

「沒事，沒事。」姥爺擺了擺手，「二子，你要是忙的話，就先回去吧，我們這裏已經安頓下來了，你就不用陪著我們了，你還是先忙工作要緊。」

「哎，老人家，我知道您是高人，不過，還是小心一點為好，咱們可千萬別出意外嘍。如果真有什麼事，我二子雖然沒什麼本事，也絕對不會不管的。」

二子真的對我蠻關心的，我在旁邊聽著一陣感動，忍不住扯了扯他的褲腿，低聲對他說道：「你放心吧，沒事的，姥爺要教我活計，那些東西正好拿來練手。」

「好吧，好吧，你們自便吧。我也幫不上什麼忙，最多就是經常過來看看你們。好啦，我先走了，你們有事情，去傳達室那裏掛個電話給我，號碼我給他們留著了。我只要接到電話，就會馬上過來。」二子有些不捨地看了看我，拍了拍我，起身走了。

姥爺坐在堂屋的桌邊，側耳聽著二子的腳步聲遠了，呵呵一笑，對我說道：「這個二子雖然粗魯，但是心實在，也有三分福緣，算是個開泰的好命。大同，你以後做什麼事情，帶著他，保管可以逢凶化吉。」

姥爺的話我沒怎麼聽懂，但是大概也明白了他的意思。我答應了姥爺一聲，就把今天在學校的事情告訴了姥爺。

姥爺點了點頭，囑咐我道：

「開始上學了，就要好好學習。第一個要識字，不然再高的本事，不識字也是兩眼瞎。其次呢，要能掐會算，算術是個緊要的科目，也要好好學，以後咱們要學六十四卦周天術法，沒個算術根底，連年曆都看不懂，那就沒法學了。」

我點了點頭，告訴姥爺說我記住了，讓他放心。

姥爺抽了幾口旱煙，沉吟了一會兒，站起身，嚴肅地說道：

「嗯，咱們其他的活計不能落下了。姥爺的時間不多了，爭取在最短的時間裏，儘量把活計都教給你。大同，從今天起，我就正式教你活計，從入門開始學。我都給你安排好了，你白天上課，晚上回來就學我們的活計。你在學校的作業，回來之後要快點做好。這段時間，你要刻苦學習了，知道了嗎？」

「知道了。」我答道，「我們先學什麼？」

「先正筋骨，你過來。」

姥爺抓住我的手，左右上下把我摸了一遍，又在我身上捏了捏，喃喃自語道：

「前幾天，我就一直覺得你不太對頭，那時候我就在懷疑，看來確實是真的了。大同，你老實告訴姥爺，你是不是吃過什麼東西了？你現在骨骼精奇，如果沒有什麼奇遇的話，斷然不會是這個樣子，你到底遇到什麼事情了？」

我仔細地回憶了這些天來發生的事情，發現只有那件事情算是奇遇，就把那天晚上做夢，遇到兩個老頭子在喝酒的事情告訴姥爺了。

「你喝了他們的酒？他們往酒裏吐唾沫了？」姥爺滿臉緊張地問道。

「嗯。」我點了點頭。

「哈哈哈哈。」姥爺一邊拍掌，一邊興奮地大笑著，「嘿嘿，這兩個老妖怪啊，嘿嘿，一直神出鬼沒的，沒想到讓我的孫子得了便宜啦。真是越老越糊塗啦。哈哈！」姥爺興奮地一把拉住我的手腕，專注地給我把脈。

「嘿，果然中氣充沛，純陽正午，延年益壽，儲元利骨。大同啊，你的際遇比姥爺好得多啊，福緣不錯，不錯啊。看來啊，我這門活計是有傳人啦，說不定啊，姥爺這身病的解藥也能落在你的身上了。總之，你這小子就是福氣，嘿嘿，來，再讓姥爺好好看看。」

姥爺把我拉到懷裏，又把我上上下下掐捏一遍之後，確定了自己的判斷，這才放下心來，老懷大暢地端坐在太師椅子上，說道：

「大同，跪下，準備接法器，今天我就把本派的鎮派之寶傳給你！」

「啊，噢。」我連忙乖乖地跪了下來。

姥爺微笑著點了點頭，在旁邊的黑箱子裏摸了一會兒，掏出了他曾經拿出來過的那把尺，對我說道：

「大同，知道這叫什麼嗎？」

「不知道。」

「你手裏那把尺叫什麼，知道吧？」姥爺又問我。

「陰魂尺。」我把腰裏的尺抽了出來。

「不錯，你那把叫陰魂尺，我這把叫陽魂尺，這是一對法器，是我們陰陽師門的鎮派之寶，是歷代祖師爺的精魂所鑄，法力很強。」

姥爺捏著陽魂尺，微微側首，似乎是在傾聽尺裏的聲音，半晌之後，才滿臉舒暢地仰頭喘了一口氣，感嘆地說：

「嘿嘿，聽聽，這陽魂尺裏，有多少鬼魂號叫啊，這可都是實實在在的厲鬼啊，都被我們的祖師爺收了，鎖在這把尺裏，一點點地磨蝕他們的魂力，這就是道行啊，沒有道行絕對做不到。」

我很好奇地問道：「這個鎮派之寶到底有什麼用？」

姥爺呵呵一笑，晃了晃陽魂尺，對我念了一句偈子：「陰尺剋人，陽尺剋魂，陰陽雙尺，可比真神。」

我明白了姥爺的意思，心情有些激動地問道：「那，姥爺，你是要把兩把尺都給我麼？」

「那可不是？」姥爺呵呵一笑，晃了晃陽魂尺，「不過，我估計這把陽魂尺，你暫時還拿不起來。」

「那尺裏面有鬼。」我立刻回想起第一次摸那根尺時的感覺，隨口說道。

「不錯，這把尺裏面有很多冤魂之氣，不是一般人能夠駕馭的。不過，真要拿起這把尺，其實也不難，關鍵看你的道行。」姥爺微微一笑，摸索著端起茶碗喝了一口，咂咂嘴繼續說道，「大同，你過來坐下，聽姥爺給你好好講講這兩把尺的用法。」

姥爺先把陽魂尺放到桌上，對我伸手道：

「把陰魂尺給我，捏住一頭，倒著給我。」

我於是捏著陰魂尺的根部，倒著塞到姥爺手裏。

「知道為什麼要這麼給我嗎？」姥爺含笑問我。

「不知道。」我答道，「為什麼？」

「這就叫捏尺量命。」姥爺單手把尺平放在桌上，用手指小心地從一頭摸到另外一頭，接著捏住尺的一端，問我道：「這上面的刻度認識嗎？」

我就說不認識，我雖然認識數字，但是那把尺上的刻度除了橫線之外，數字很模糊，有些還是用文字寫的，我自然看不明白。

姥爺微笑道：「我告訴你一個簡單的方法來認識這把尺。」姥爺指著尺帶缺口的一端，「看到這個半圓形的缺口沒？這個缺口叫嵌珠槽，本來啊，和陰陽尺配套的還有一對陰陽珠，但是早就失落了。我們也不管它了，就用這個凹槽做認識尺的標記。這凹槽的一端，是尺的尾端，是握在手裏的，刻度是大刻度，另外一端是尺頭，是從零開始標記的刻度，刻度是用字寫的，你暫時還不認識，你只要記住哪邊大哪邊小就行了。」

姥爺繼續說道：

「我和你講講什麼叫捏尺量命。這把陰魂尺是專尅陽人的法寶。使用的時候，你捏多長，就要吸掉對方多少壽陽。你要是握著底端，用尺頭去碰別人，那就是把他們的性命全部都吸掉了。當然了，一些有道行的人，也不是一下子就能吸完的，但是也撐不住幾下，祖師爺的魂力不是一般人能扛得住的。這把尺，以後你繼續帶著，必要的時候可以用來防身。不過，不到萬不得已，不要隨便用。」

姥爺又把陰魂尺反手握著遞給我，「這麼反手碰到別人，對人就沒有傷害了，因為你後手握的是活氣，不是要吸壽陽。」

我接過尺，點了點頭，又有些疑惑地問姥爺：

「那如果和人打架，又不想把他們打死，到底要捏多長才合適？」

「嗯，孺子可教。」姥爺見我提出了這個問題，微微一笑，「這個問題，你可以自己琢磨，尺上的刻度，一寸就是一年，你只要稍微捏得長一點，對方基本上就會重傷，元氣大傷，但是不會立刻害他性命。」

第廿八章 同桌的秘密

我很快就發現，班裏的人好像都很害怕劉小虎，
由於我和劉小虎聊得很開心，搞得也沒有人和我說話了。
我大概明白了，為什麼只有劉小虎旁邊的位子是空著的，
敢情，壓根兒就沒人敢和他坐在一起。

我想起二子也摸過我的尺，就有些擔心地問道：

「二子也被我用尺戳過，怎麼辦？他是不是要短命，活不長了？」

姥爺咂咂嘴道：「二子那傢伙精神著呢，中氣十足，不像是損過元氣的人，你確定戳過他？」

我就把那天在古墓懸崖邊發生的事情說了。

姥爺微微一笑道：「這就沒錯了。他沒事的。」

「為什麼？」我好奇地問道。

「你當時已經意識到了這個事情，心裏肯定就不是要害他的，這把尺的魂力是聽從你的意志的，你不想讓它傷人，它就是一把普通尺，但是只要你動了殺念，它就是一把殺人於無形的利刃。」姥爺有些驕傲地端起煙斗，抽了兩口，繼續說道，「你把陰魂尺收起來吧，記得，不要弄丟了，我們再來說說這把陽魂尺。」

我聽姥爺說陰魂尺可以隨我心意，收放自如，不出得滿心歡喜，把尺插回腰間藏好，專心地聽姥爺講陽魂尺的用法。

姥爺單手拿起了陽魂尺，說道：

「陽魂尺和陰魂尺長得差不多，刻度分得也一樣，凹槽的這頭是大刻度，另外一頭是小刻度，就是顏色不同，陽魂尺的顏色更深一點，你應該能看出來。我現在看不見了，只能靠觸覺判斷了。」

我仔細對比了一下兩把尺，發現果然陽魂尺烏黑烏黑的，如同黑炭一般，熠熠生輝，但是陰魂尺卻微微有些幽寒透明，略顯銀白。

姥爺說道：「這樣你就可以分辨它們了。陽魂尺是歷代祖師爺的純陽正午之氣所鑄，專剋陰魂，魂力弱的，一觸即散，魂力強大的，會被收進去，困在裏面，慢慢磨蝕至死。這麼長久的歲月，這把尺驅散的冤魂不下萬千，收進裏面的也數不勝數。這些鬼魂消散之後，怨氣不散，所以這根尺的戾氣非常沉重，不是心性特別純正的人，是斷然駕馭不住的，一個不小心，就有可能迷失本性，被戾氣驅使，變成瘋子。」

姥爺說到這裏，抽了一口煙道：「人的心性，有的是天生的，有的是後天修行，有道行的人，能守住心性，不會被戾氣浸染，沒道行的人，若非先天心性愚鈍，也很難自控。你之所以會被戾氣影響，是因為你太聰明了，心竅太通透了，說白了，如果你是個傻子，它壓根兒對你就沒有影響。」

我一聽這個說法，覺得很好玩，就問姥爺道：

「那是不是非得我變成傻子才能拿它？」

「嘿嘿，這就是小孩子氣了。咱們總不能為了拿一把尺，把自己弄成傻子不是，那不是虧大了？」姥爺有些好笑地說。

「那到底要怎麼辦？」我好奇地問道。

「修煉心性，學會穩定心神就可以了。這個事情慢慢來，不著急，我們先從別的東西學起，一邊學知識，一邊練心性。來，我們先講講竹簡上的鬼話故事，這些故事可都是祖師爺的經驗之談，你好生記下嘍，對你以後大有好處。」

姥爺就把陽魂尺收了起來，從箱子裏摸出一卷竹簡，用手摸了摸上面刻著的文字，側頭回想了一下。他對那上面的故事已經爛熟於心，所以，只要摸出了開頭的文字，就已經知道整個故事講的是什麼了。

姥爺先講了一些短小的故事，是介紹山神、河神、旱魃、太歲等民間凶神的。

「這第一卷叫山海篇，講的這些小故事，主要是想要讓你記住這些知識，明白嗎？」

我由於那個奇遇，心智已經比較成熟了，頭腦也很靈活，所以姥爺講了一遍之後，我就都記住了，有些不明白的地方，我就問他，他給我稍微一解釋，我也就明白了。

傍晚，張阿姨過來做了飯。我和姥爺吃完晚飯後，姥爺蹲在門口，一邊抽著旱煙，一邊對我說道：「裏屋有兩張床，你睡那張靠窗的小床，從今晚開始，你睡前都要練練心性，不吃苦中苦，難做人上人啊。」

「姥爺，怎麼練心性？」我很好奇地問道。

姥爺領著我來到裏屋，讓我上床盤膝坐好，然後摸索著，把我的兩手疊放在一起，說道：「閉眼，凝神，注意感受自己的呼吸，讓自己的心靜下來，不管外面發生什麼事情，都與你無關，整個世界只有你一個人，你只有精神，沒有肉體。」

「嗯。」我按照姥爺的教法閉眼凝神，慢慢安靜下來。

卻不想，就在我以為自己已經進入境界的時候，姥爺居然用旱煙袋火燙的銅頭子，突然在我的大腿上燙了一下。

「哎呀——」我被燙得大叫一聲，整個人從床上跳起來，叫道：「姥爺，你幹嘛燙我？」

姥爺嘿嘿笑道。

「嘿嘿，這就是鍛煉你的心性啊，啥時候你被火燒了都不為所動，就成啦。」

我不由得驚得兩眼張大，心裏感到一陣莫名恐懼，我畢竟年紀還小，真不知道要怎麼樣才能做到被燙被燒還不為所動。

姥爺似乎知道我心裏的困惑，他「吧嗒吧嗒」地抽著旱煙，對我說道：

「別人可能做不到，但是你肯定能做到。大同，你的身體已經和普通人不一樣了。你知道你那天晚上做夢喝的是什麼酒嗎？」

「是什麼酒？」我也很好奇。

「那兩個老東西，你知道是什麼來頭嗎？」姥爺沒有回答，繼續問道。

「不知道。」我如實答道。

「我給你說一個傳說吧。很久之前，咱們沭河岸邊的那片山林裏，有一個白鬍子老頭子和一個黑鬍子老頭子。白鬍子老頭子是修煉千年成精的老人參，黑鬍子老頭子是修煉千年成精的何首烏。據說，普通人只要能聞一聞這兩個老傢伙的仙氣，吃他一根鬍鬚就能活到九十九。早些年，我還不相信這個傳說是真的，但是現在看來，還真有這麼回事啊。」

我一時間不由得滿心好奇，因為我總覺得一棵植物，長成會說話會走路的人形，是很不可思議的怪事。小時候，我聽說過很多蛇成精、狐狸成精、老樹成精的故事，但是我從來沒有真正相信過。

我皺著眉頭，一邊揉著火辣辣的大腿，一邊問道：

「人參真的能成精，開口說話嗎？」

「嘿嘿，這個要看你怎麼看了。」姥爺呵呵一笑道，「要說它們真的能長出人的身體，跟一個大活人一樣到處跑，那當然是不太可能的。這些成精的動物或者植物，不管它們怎麼成精，它們本身是什麼樣子，其實一直都還是什麼樣子。就比如人參精，它的本體肯定還是一棵老人參，埋在地下。你之所以看到它們長得像個人樣子，還喝酒啥的，那是因為它們吸取了天地日月精華，精神力變得強大了，可以控制或者說影響你的精神，讓你看到它們人形的樣子。」

姥爺很細心地給我解釋了一番，不過我真心沒有聽懂，只大概知道了一個道理。

我突然想起來小時候聽過的《白蛇傳》，於是問道：

「那《白蛇傳》裏的白蛇和青蛇，是不是也一直都沒有變成人形，是蛇的樣子？」

「嗯，差不多吧。」姥爺微微笑著點頭，「要不法海怎麼一看到牠們，就知道牠們是蛇呢？」

「好啦，時間不早啦，你繼續打坐找找感覺。記住啊，要穩定身心，要不為外在事物所動。我也要去睡了。」姥爺起身摸到了床上，抽著煙。

屋子的黑暗中，姥爺抽煙的火星一閃一閃的，我在床上盤膝打坐，覺得大腿還是火辣辣的疼，就問道：「姥爺，你以後是不是還要繼續燙我？」

「放心吧，不燙啦，這一次是讓你長個記性，以後每次睡覺前，自己主動練習打坐。後面啊，你能達到什麼程度，就看自己的悟性和造化啦，我只負責教你活計，你要想有出息，就把活計拿去用。嘿嘿嘿，睡啦，睡啦，哎呀呀——」

姥爺心情似乎格外好，他熄了煙斗，沒多久就打起了呼嚕。

我盤膝坐著，不知道什麼時候迷迷糊糊地睡著了。

第二天一早，吃完早飯，我背上書包，和姥爺打了聲招呼，推著小自行車就出了門。

上學的路我已經記住了，我還不會騎車，就一路往學校去，一路練習騎車。可能是因為體能不錯，我居然沒多久就學會騎車了，於是就一路騎到了學校。

我到學校的時間很早，班級教室裏只有兩三個人。我走到了自己的位子上，坐了下來。今天我身上穿的是新衣服，很乾淨。同學們陸續來了，他們有些好奇地看著我，交頭接耳地說著話，不過已經不再壞笑了。

我沒有理會他們，翻開書，看看上面有沒有我認識的字，而且在每一本書的書皮上都寫上了自己的名字。

「喂，新來的，你哪兒的？」

就在我正埋頭給自己的書本和作業本簽名的時候，一個聲音在身邊響起。

我抬頭一看，發現一個男孩紅著臉，氣喘吁吁地在我旁邊的位子上坐了下來，從書包裏抽出書本。

「我住在山上的。」我見他是我的同桌，知道要搞好關係。

「噢，怪不得呢，你長得還挺壯的嘛。」同桌說著抬眼上下打量了我一番，點點頭道：「你叫方曉是吧？你是不是還有一個哥哥，叫方大？」

我覺得這傢伙挺逗的，他長得挺端正的，眼睛很亮，尖下巴，薄嘴唇高鼻梁，繫著紅領巾，而且說話的口氣這麼喜歡裝大人，就知道這小子不簡單，說不定是班幹部，就特別留了心，表現出低眉順眼的樣子，壓低聲音道：

「我沒有哥哥，我的曉不是大小的小，是破曉的曉，是天亮的意思。」

我不想再繼續糾纏這個問題，反問他道，「你叫什麼名字？」

「我叫劉小虎，是體育委員，我家住在鎮上，你是我同桌，以後跟我混吧，保證班裏沒人敢欺負你，我老爸送我去少林寺練過武，我一個人可以打倒他們一大片。」劉小虎很親切地拍了拍我的肩膀，讓我有些受寵若驚。

就這樣，我算是和同桌認識了，還聊得火熱。我很快就發現，班裏的人好像都很害怕劉小虎，連和他說話都不敢。由於我和劉小虎聊得很開心，搞得也沒有人和我說話了。

到了這會兒，我大概明白了，為什麼整個班裏只有劉小虎旁邊的位子是空著的，敢情，壓根兒就沒人敢和他坐在一起。

「小胖，你昨天說要給我帶的小人書呢？」劉小虎回頭衝著後排的一個小胖子喊道。

小胖子嚇得一個激靈，很快掏出一本小人書，討好地放到劉小虎手裏，小心地說道：「那個，這書是我向我小表姐借的，你，看完還給我好嗎？」

「屁話，我看完了不給你，難道拿去擦屁股啊，你看你這小氣樣，沒出息，去去去，別影響我的心情！」劉小虎很不客氣地把小胖子推開了。

小胖子被推得差點跌倒，卻一聲都不敢吭，灰溜溜地回到自己座位上坐下來。

我這才明白，劉小虎這傢伙，應該就是傳說中的「校園小霸王」了。

劉小虎拿了小胖子的小人書，趴在桌子上津津有味地看了起來。聽他說，是什麼宇宙超人，小人書上都是很好看的圖畫，讓我和他一起看。我看不懂字，他就讀給我聽。

劉小虎還跟我吹牛，說他老爸是副鎮長，在這一帶，誰都怕他爸爸。我們看了一會兒，就上課了。

我是第一次上課，而且是插班生，心情是又新奇又緊張，聽課很認真。而且我對學校的環境很陌生，也就沒有亂動亂跑，一直在教室裏自己的座位上待著。我們上午有三節課，下午兩節課，中午休息兩個小時，要強制性睡午覺。

上午第二節課結束之後，劉小虎一伸懶腰，扯著我的衣袖說：「走，上廁所去。」

我還沒來得及表示同意，就被他扯得站起來了，這傢伙蠻橫慣了，做什麼事根本不會顧及別人的感受。我想教訓他一下，就一翻手抓住他的胳膊，用力一拉，這傢伙一晃身子，一屁股歪坐在凳子上了。

「咦？你怎麼站不穩啊？」我惡作劇完畢，還裝作什麼都不知道，笑著問他。

「嘿，見鬼了，奶奶的，是你力氣大，還是有人推我？」劉小虎感覺很突然，沒弄明白是怎麼回事，摸著腦袋皺眉想了半天，才起身和我一起走到教室外面。

我們向廁所走去，劉小虎一路上都沒有說話，一直在偷偷看我，似乎心裏有老大的疑問。從廁所出來，劉小虎終於忍不住問我：

「剛才是你故意拉我的？」

「沒有啊，我怎麼會拉你呢？」我裝出很無辜的樣子。

「不可能，沒有其他人，不是你還有誰？」劉小虎到底不是傻瓜，這會兒想明白了，就攔住我，雙手抱胸，擺出一副小霸王的模樣，冷笑道：

「嘿嘿，方曉啊，不錯哈，第一天來上學就會挑事了啊。嘿嘿，你居然敢跟我玩。我告訴你，你找錯人了！」

劉小虎說著，上前就來抓我的肩膀，想把我放倒在地。我見他一臉無賴樣子，心裏有些不爽，不想讓他太囂張，左右看了一下，走道上沒有什麼人，於是就放開了手腳，想好好教訓他一下。

我的身體非比尋常，練過武功的成年人都能周旋幾圈，何況這個小子呢？

我一彎腰躲過了他的捉拿，雙臂一伸，攔腰把他抱了起來，然後往身後一扔，這傢伙還沒反應過來怎麼回事，就「哎哎——」一聲大叫，臉朝上跌倒在地。

我扔他的時候，並沒有用太大力氣，所以他跌得不是很重。他立刻爬了起來，站在地上，直愣愣地看了我幾秒鐘，接著不信邪地吐著唾沫搓了搓手道：「我還就不信了！」說完，他「啪啪」一拍手，向後一撤身，小碎步助跑，一下子騰空而起，兩腿在空中呼啦啦地轉著，向我踢了過來，使出了一個標準的七百二十度側翻連環踢。

這個坑爹的名字，還是劉小虎後來告訴我的，他在少林寺待了一年，就學了這一招，但是憑藉這一招，鎮住了全班同學。

見到他的這個動作，我立時傻眼了，心說莫非真遇到武林高手了？好在我的反應很靈活，連忙向後退了好幾步，躲開了他的連環腳。

劉小虎沒料到我的速度那麼快，連環腳踢空之後，就有些緊張，這樣一來，落地的時候重心不穩，側躺了下來。

他還想來個鯉魚打挺站起來，結果我已經迅速一跳，騎到他身上，然後一抓他的雙手，把向他兩邊一按。被我徹底壓住動彈不了。

劉小虎傻眼了，腿腳亂踢了一番之後，最後才喘著粗氣道：「行啦，你是老大，放了我吧。」

「我不是老大，我們是好同學。」我可不像劉小虎那麼流氓習氣，放開了他，幫他拍拍身上的塵土，說道：「以後別這麼玩，不小心就會受傷的。」

「唔。」劉小虎大概還從來沒這麼吃癟過，有些木訥地看了我半天，才問道：「你是不是也在少林寺練過？」

「沒有，我住在山上，經常砍柴，力氣大。」我隨口忽悠了劉小虎一句，聽到上課鈴響了，拉著他一起回了教室。

這一節課是李老師的，她很喜歡提問，而且經常點名叫我，我一般都能回答正確，她很滿意，當眾表揚我。

劉小虎上課的時候很不老實，一會兒看小人書，一會兒削鉛筆，老師提問他，他答不上來，但是老師的話他非常喜歡接，老師不太喜歡他。

劉小虎見我回答問題挺厲害的，對我更加好奇了，也不看小人書了，拉著我說悄悄話：「你怎麼學習也這麼厲害啊？」

我岔開話題問他：「午飯你怎麼吃？」

「學校有食堂啊，到時我帶你去吃，對啦，我請你喝飲料，以後你幫我做作業，怎麼樣？」劉小虎有些討好地說。

我就跟他說我不會寫字，他愣了半天，有些不相信地讓我寫來看看，結果我一下筆，就寫出了一堆蚯蚓。

他看到我的字，失望地嘆了一口氣：「我還是自己寫作業吧，你告訴我答案就行了。」

第三節課上完，我自然跟著劉小虎一起去吃午飯。劉小虎很殷勤，吃完飯之後，又帶著我在學校裏逛了一圈，給我都介紹各個地方，最後來到學校最後面的圍牆邊上。

圍牆外種了很高的白楊樹，樹葉又綠又肥，風一吹，嘩啦啦地響，像是拍巴掌。圍牆的中間，有一棟很小的屋子，屋子上有小鐵門，上著鎖，鎖和門都鏽跡斑斑的，一看就是很久都沒有打開過。

我看到小屋愣了一下，屋子雖然在陽光下，但是讓我第一眼就感覺很荒涼、很陰森。我不由得瞇眼仔細一看，發現小屋居然罩在一層濃重的黑氣之中。

我就問劉小虎小屋是什麼地方，能不能過去看看。

「噓——」劉小虎一把抓住我的手臂，把我往後拖，不讓我靠近小屋，很神秘地說道：「哎哎呀，這圈圍牆和這個小屋都是學校的禁地，不能過去的，你沒看到牆邊種了很多刺木柴嗎？別過去啦，圍牆後面就是黑水溝，那裏面淹死過人的。」

「哦。」我點了點頭，沒有堅持要過去，和他一起往回走。

我們本來準備上樓去教室午睡的，不過我留了心，去看了一下我的自行車，發現居然有好幾個高年級的學生正在玩我的車子。我的車上了鎖，他們打不開，就騎在我的車子上擰來擰去，把車鏈子絞得「咯咯」響。

我就上前對他們說道：「喂，你們別弄我的車子了，等下車鏈斷了，就不好騎了。」

「哎喲，這車子是你的啊？」

我不過去還好，這一過去，那幾個大孩子立刻眼睛一亮，滿臉興奮地把我圍了起來，問道：「小子，你這車子不錯啊，我們想騎來玩玩，你看行不？」

我看他們都長得虎頭虎腦的，一臉蠻橫模樣，還嬉皮笑臉的，很擔心他們會把我的車子拿走不還我，或者把我的車子弄壞了，就說道：「不行，我的車子不借人的。」

「我操！」為首的一個大孩子立刻罵了一句，上來一推我的胸口，居高臨下地黑臉看著我道：「小子，你欠揍是不是？你知道我是誰嗎？媽的，借你個車子你還唧唧歪歪，信不信我一巴掌拍死你？」

見這個大孩子這麼蠻橫想要威脅我，我心裏登時一股火氣就衝了上來。由於我經歷了很多事情，對自己的能力相當自信，心裏壓根兒就沒把這些人放在眼裏，我心裏總感覺自己的水準能力是和林士學一個檔次的，自己是個成熟的人。

「貓哥，你們這是幹什麼？」

就在我準備出手的時候，劉小虎跑了上來，一把將我拉到他的身後護了起來，對領頭的大孩子問道。

「喲呵，小虎啊，怎麼，這小子是跟著你混的？你什麼時候也收小弟了？」見到劉小虎，領頭的大孩子面色緩和了一些，堆著笑臉問他。

「這個不是我小弟，是我的同桌，剛轉來的，他是好學生，老師很喜歡他的。

貓哥，你們別捉弄他了，他很老實的。」

劉小虎顯然在學校裏也是有些名頭的，畢竟老爸是副鎮長嘛，所以，那些大孩子雖然霸道，但是也給了他面子。

「行吧，就衝你劉小虎的面子，我今天就不和他計較了，車子我也不玩了。不過嘛，嘿嘿，小虎，別說哥哥欺負你，咱們一頭歸一頭，你要保人，我給你面子，你也得給我面子是不是？我們這幾個哥們每天也是要花銷的，你看，是不是該來一點兒這個？」領頭的大孩子皮笑肉不笑地對劉小虎搓了搓手指。

「這個——」劉小虎有些為難地皺眉道，「你，你要多少？我今天飯錢沒帶多少，五塊錢夠不夠？」

劉小虎說著從口袋裏翻出了一把零錢，遞給那個大孩子。

我不由得一愣，這才弄明白，原來這些大孩子說可以放過我，是有條件的，那就是給他們錢。

劉小虎掏錢的時候，我看得很清楚，他把自己的零錢全部都湊給那個貓哥了，我心裏又感動又憤怒，就想上前把劉小虎的錢搶回來，然後把這幾個混蛋全部都打趴下！

「方曉，方曉，走走走！」

我還沒有動手，劉小虎已經攬著我的腰，把我拖出了老遠。

「幹嘛給他們錢？」

我們走到一個牆角，我對劉小虎問道。

「方曉，你不知道，他們幾個都是六年級的小混混，根本不學習的，拉幫結派，還拜把子喝血酒，他們經常挖點子去打遊戲的，這次已經算是看在我的面子上要得少了。下次啊，你千萬不要惹他們，我們惹不起，他們人太大了，咱們打不過。」劉小虎滿臉慚愧地說道。

我看了看劉小虎，心說居然連這個小霸王都會被這些傢伙欺負，那其他老實本分的同學真不知道要被欺負成什麼樣子了。我心裏下定了主意，有機會一定要好好教訓教訓這群混蛋，讓他們知道知道我的厲害。

「你放心，有空我來對付他們，我不怕他們。」我拉著劉小虎一邊往回走，一邊恨恨地說。

「哎呀，別啊，方曉啊，算我求你啦，真的別去惹他們。不是我亂說，我也不怕他們，但是他們都是混混啊，咱們犯不著——」劉小虎滿臉焦急地對我一通規勸。

「好啦，好啦，我知道啦，回去吧。」我打斷了劉小虎的話。

放學的時候，大約是下午四五點鐘，太陽還很高。我背著書包，騎著車子，出校門的時候，就看到中午玩我車子的那幾個大孩子正堵住幾個低年級的同學，在翻他們的口袋，顯然是在搶小同學的錢。

這群混蛋！我從小就嫉惡如仇，最看不慣的就是這種恃強凌弱的流氓舉動，我四下看了看，發現劉小虎沒在附近，於是把車子一停，招手對那幾個小混混喊道：「喂，你們，過來，我這兒有錢！」

我說著，從口袋裏掏出了一張五十元的票子，對他們晃了晃。

這些錢是二子在街上的時候給我的，當時他給了我一大把票子，我都帶在身上了，也不知道究竟有多少。

那幾個小混混一看我手裏的票子，不由得都眼睛一亮，互相對望了一眼，不約而同地向我圍了過來。

我見他們一臉貪婪的樣子，心裏冷笑了一聲，往前騎著車子，對他們喊道：「跟過來，前面橋頭，我等你們！」

那幾個小混混把我的話當了真，都撒腿跟了上來。我沿著柳樹大道向前騎了大約兩百米，就在橋頭放好車子，轉身等著那幾個混蛋。

沒幾分鐘，他們追了過來。他們一看到我，就分散開，從四面把我圍住了。

「小子，挺有錢的嘛。」領頭的還是那個貓哥，他雙手抱胸，斜著眼看著我，皮笑肉不笑地說：「還真沒看出來你這麼肥，嘿嘿，好啦，現在怎麼說？是你乖乖交出來，還是我們幫你掏出來？」

「嘿嘿。」我看他們一共四個人，年齡都差不多，撇撇嘴道：「你們隨便挑一個出來，和我單挑。贏了，我的錢全是你們的，輸了，你們就得全聽我的。」

「哈哈哈——」那些小混混樂壞了，前俯後仰地笑了半天，才停下來，指著我嘲笑道：「哎喲哎，小子，你不看看你有多長啊，一把抓住兩頭冒不出來，你跟我們單挑，你夠頭嗎？」

「夠不夠頭，你們試試就知道！」我鐵了心要教訓這些混蛋，一句軟話都不說。

「算啦，懶得跟你廢話，小子，把錢交出來，聽到沒！」貓哥很心急，上前來就要掏我的口袋。

我見他動手了，冷笑了一下，也不說話，原地起跳，一腳就踩到他的臉上。

「我操你媽！」貓哥沒防備，被我這麼踹了滿臉泥，大叫一聲，滿臉暴怒地捂臉後退，接著一撒手，從書包裏掏出一把水果刀，兇狠地看著我道：「小子，老子廢了你，你信不信?!」

「信啊，上來吧。」我站在原地，不動聲色地說道。

貓哥見到我居然不害怕，發了狠，拿著水果刀真的往我手上劃過來，其實只是想把我的手割個口子，讓我害怕。他這一招對其他小孩可能真的很管用，但是遇到我，就不好使了。

我側身一讓，接著腳底一絆，這傢伙就一個狗啃泥趴到地上了。我緊跟著跳過去，騎到他的背上，雙手抓住他的手腕，用力一擰，把水果刀奪了過來。

「啊呀呀，啊呀呀，你們快上啊，打他啊，打他啊！啊呀呀——」

貓哥連續吃癟，現出了流氓本色，開始呼叫救援，準備群毆我。

「我看你們誰敢動！」我冷喝一聲，翻身起來，把水果刀一橫，放到貓哥的脖子上。

「媽的，你們上啊，上啊，打他，他不敢殺人，他嚇唬你們的！」貓哥還以為我和他一樣，只會嚇人。

「叫你廢話多！」我一生氣，水果刀往下一移，對著他的手臂就插了一下。

「啊——流血啦——啊呀呀——」

貓哥沒想到我真的敢捅，疼得抱著手臂在地上亂滾，哭得嗓子都啞了，滿臉淚水，典型一個色厲內荏的形象。

「不許動，不許出聲！」我冷喝一聲，把刀子對著他的屁股。

「我，我不動，我，疼——」貓哥半躺在地上，真的害怕了，可憐兮兮地看著我。

「疼就忍著。」我丟一下一句話，起身看看其他三個人。

第廿九章

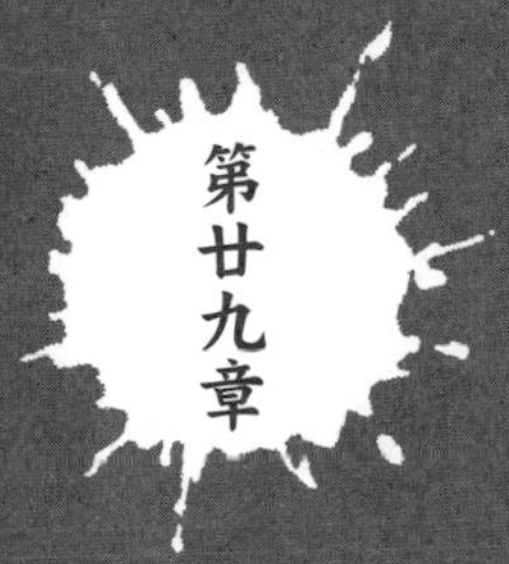

校園疑雲

我意識到情況不對，撒腿就往回跑。
突然腳下一絆，一個狗啃泥趴到了地上。
我有些心驚膽戰地爬起來，一邊跳著往前跑，
一邊下意識回頭看，看到地上躺著一個黑影。
這麼晚了，地上怎麼會躺著一個人？

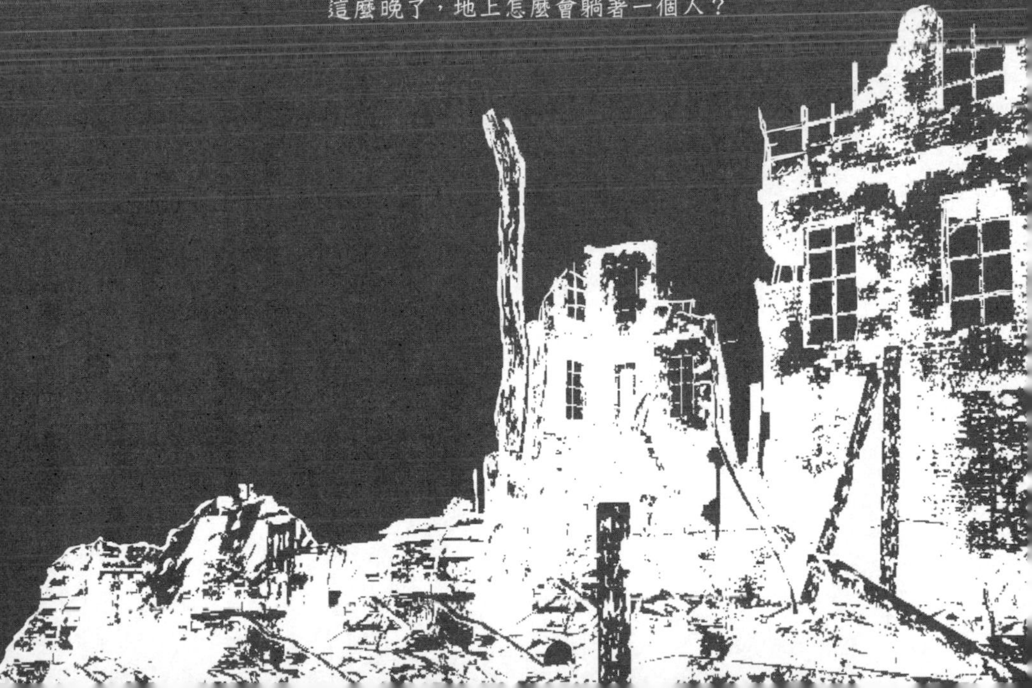

那三個人這會兒嚇傻了，滿臉驚恐地站著，不知道是誰，突然大喊一聲：「殺人啦！」接著哭爹喊娘地跑開了。

我一看這幾個混蛋這麼膽小，這麼不中用，一嚇唬就沒魂了，忍不住在心裏暗罵一句。我回頭看看貓哥，發現這小子的臉都青了，他恐怕真的以為我要殺他。

「你，你別，我錯了，我走，我走，行嗎？」貓哥滿臉恐懼地看著我。

「不行，你走不了了。」我冷笑一聲，用刀子蹭了蹭他的臉皮。

我說這句話的意思，其實是想把他留下來，對他進行思想教育。我知道他是那群小混混的老大，所以想警告他一下，讓他們以後都不要再去欺負低年級同學了。

誰知，貓哥卻誤解了我的意思，嚇得渾身哆嗦，坐在地上哭著滿臉鼻涕眼淚，哀求我道：「你，你別殺我，我告訴你一個秘密，對你絕對有好處，求你了好嗎？」

我心裏不由得有些好奇，他到底有什麼秘密可以告訴我，於是問道：「什麼秘密，說。」

「那個，那個，劉小虎，劉小虎不正常，你不要和他走得太近，他能看到鬼。」貓哥抹著眼淚，哭哭啼啼地說道。

我一聽這話，心裏立時咯登一下，感到非常好奇，難不成劉小虎也和我一樣擁有陰眼，可以看到鬼魂嗎？如果真是這樣的話，那他不是早就知道這個學校陰氣森森了嗎？我又覺得不太可能，因為他的精神很正常，如果他每天都能看到那些髒東西的話，他應該早就瘋了。

「你怎麼知道他能看到鬼？他哪裡不正常了？你是不是看見我和他玩得好，故意要挑撥我們？」我冷著臉問貓哥。

貓哥嚇得差點又要大哭，哆嗦了半天，才斷斷續續地說道：「不，不是的，我，我沒騙你，他真的不正常。你應該知道的吧，他班裏的人都不敢和他說話，不敢和他玩。他肯定告訴你，這是因為他很厲害，會打架，所以別人都怕他，對吧？」

「是啊，怎麼了？難道不是嗎？」我看著貓哥問道。

「那是他給自己找的藉口，我實話告訴你吧，別人不敢跟他玩，是因為他是個很恐怖的人，他能看到鬼！他自己就跟鬼差不多，經常大半夜還在學校裏亂竄。他這小子雖然霸道，但還是很仗義的，這樣的人應該有很多玩伴的，可是現在他一個玩伴都沒有，連我都要讓著他三分，你猜是為什麼？」

貓哥眼神中閃過一抹害怕，咽了咽唾沫，繼續說道，「你想不想聽聽他的怪事？」

「什麼怪事？說。」我的心情有些激動起來，我真心不希望劉小虎是他所說的那種情況。但是，我也不得不承認，貓哥說得有道理。

「你是新轉到我們學校的吧？你知不知道我們學校鬧鬼？晚上天一黑，學校裏就沒人敢待著了。」貓哥這時見我聽得專注，心情有些放鬆下來。

「知道，我來之前就聽說了，學校後面的小河溝裏淹死過一個女孩。這些事情，和劉小虎有什麼關係？」我盤膝坐下來，皺著眉頭問貓哥。

「原來你知道這個事情啊，那你知道那個淹死的女孩是誰麼？」貓哥滿臉凝重的神色。

「誰？」我好奇地問道。

「劉小虎的姐姐，劉小倩。」貓哥認真地看著我，悠悠地說。

我一聽這話，不由得一下子站了起來，感覺這個事情很蹊蹺。按照時間計算，劉小倩淹死的時候，劉小虎應該有四五歲了，他的姐姐淹死了，他肯定是非常驚恐又很傷心吧？現在他在這個學校上學，他肯定很想念他的姐姐，所以，說不定他因此才變得有些怪怪的了。

「就算淹死的是他姐姐，那和他有什麼關係？你為什麼說他能看到鬼，說他和鬼一樣？」我抓著貓哥繼續追問起來。

「這個事情，你真的要聽嗎？」貓哥遲疑了一下，一臉害怕的神情。

「我讓你說，你就說！」我的心情莫名地煩躁起來，忍不住對貓哥吼起來。

貓哥見到我兇神惡煞的樣子，嚇得向後縮了縮，舔舔嘴唇說道：

「這個事情，我也是聽別人說的，不知道是不是真的，但是，大家都這麼說。」

「快說！」我呵斥道。

「好，好，我說。你知道為什麼劉小虎旁邊那個位置是空的嗎？因為那個位子上有鬼！」貓哥神情有些陰森，「劉小虎第一天來上學，老師安排一個同學和他一起坐，結果那個同學被他打哭了，他就是不讓人家坐在那兒。老師問他為什麼，你猜他怎麼說？」貓哥故意眨眨眼問我。

我被他吊得胃口都快飛起來了，哪裡有心情回答他？我冷冷地瞪了他一眼，他這才老實了，吐吐舌頭道：「他說，他姐姐在位子上坐著呢，別人不能搶他姐姐的座位。」

我心裏如同遭到重擊一般，很心酸，似乎感受到了劉小虎對他姐姐的那份癡念。我現在才明白，為什麼我坐到那個位子上之後，班裏其他人也把我當成瘟神一樣躲著了。原來，他們並非是因為懼怕劉小虎，而是他們壓根兒就覺得我也是一個怪人，才不敢接觸我。

試想，劉小虎一直說那個位子是他姐姐坐著的，現在我坐下了，他竟然熱情歡迎，這只能說明，我和他姐姐一樣，是個死人，是個鬼魂。這樣一個人，誰還敢和我說話？

想到這裏，我心裏不禁對劉小虎居然能接受我，讓我坐在那個位置的事情感到萬分疑惑。按理來說，他應該會和我打架，把我趕走才對的。可他不但沒有這麼做，而且對我還蠻好的，這到底是怎麼回事呢？

我百思不得其解，就問貓哥，還有沒有什麼其他怪事。

貓哥見我面色不善，連忙滿臉堆笑對我說：

「有，有，劉小虎每逢十五月圓的日子，他就跑到學校西南方向的山頭上坐著發呆，能待到大半夜。有一次，據說到了晚上十二點多，他家裏人才找到他，發現他在自言自語，又好像在和人說話。就問他在和誰說話，結果你猜怎麼著？噢，不不，我錯了，我說，他說他在和姐姐聊天。她姐姐要他去摘睡蓮，說睡蓮花特別好看。」

貓哥停下不說了，臉色有些難看地舔了舔嘴，似乎一講起這個事情，還是感到害怕。

我心想，按照貓哥所說的情況，劉小倩的魂魄，說不定還真的一直存在的，別人看不到她，但是，劉小虎對她那麼想念，於是她就現身相見了。如此看來，劉小虎可能真的有些問題的，他平時表現得越正常，其實就越不正常。

「每月十五的時候，他都去嗎？他家裏人怎麼不攔住他？」我問道。

「攔得住嗎？他自己想跑出去，誰知道啊？反正一直沒有出什麼意外，他家人也就習以為常了，不去管這個事情了，反正他半夜自己會回去。不過，就是聽說有時他半夜回去的時候，全身都是濕漉漉的，好像下過水一樣，也不知道是不是真的。」

貓哥的話讓我陷入了深深的困惑，我愣了半天都沒能從糾結中出來。

貓哥見我一聲不哼地坐著，也不知道我到底想幹什麼，於是也不敢再繼續了，就愣愣地看著我，等待我的指示。

好一會兒之後，我的心氣才算順暢了一些，決定把這件事情先放一放，不急著探究。畢竟我和劉小虎是同桌，今後我有大把時間慢慢觀察他，瞭解他的情況。目前看來，劉小虎還是安全的，我就不用太擔心。

我抬頭看了一下貓哥，發現他正捂著胳膊上的傷口，怯生生地看著我，就晃了晃手裏的水果刀，對他說道：「你走吧，以後不許再欺負小同學，不然的話，我不會放過你。」

「嗯，嗯，好好。」貓哥連忙站起身，準備離開。

「站住！」

貓哥才走開幾步，我大喝一聲把他叫住了。

「啊？」貓哥嚇得全身一個激靈，戰戰兢兢地回身看著我，滿臉苦澀道：「小祖宗啊，我知道你厲害，我惹不起你，我認錯啦，你就饒了我吧，好嗎？」

貓哥以為我又反悔了，想要繼續收拾他，滿臉可憐相地哀求起來。

「我說過要為難你了嗎？」我看到他那沒出息的樣子，心裏暗笑了一下，走到他面前，把五十元錢塞到他的手裏，說道：「去衛生所包紮一下，剩下的你留著花。」我又把手裏的水果刀也塞到他的手裏，「這個還你，好好保管，別讓我再看到你玩這個。」

「啊？」貓哥愣住了，他顯然不是很能理解這種大棒加胡蘿蔔式的做法。

「你還愣著做什麼？傷口不疼嗎？」我冷著臉提醒他。

「啊，好，好。」貓哥對我連連點頭，趕緊轉身離開，走了沒幾步，又突然回頭，對我一豎大拇指道：「好，好，方曉，你這個朋友，我交了。以後，你就是我王大貓的哥們，誰敢為難你，老子跟他拼命！」

「趕緊去包傷口吧，我要回家了。」我沒接他的話，騎上了車子，沿著山道趕回療養院。

姥爺正坐在門口的樹蔭下抽著旱煙袋，微微側耳，聽到我回來的聲音，呵呵笑道：「大同，怎麼樣，學校還習慣麼？」

「嗯，還好，就是發現了一些奇怪的事情，我等下說給你聽。」我放下車子，扶著姥爺走進屋去。

「好，好，那咱們先吃飯，吃完飯你先做作業，然後咱們照常學活計，你再說你的事情，看姥爺能不能幫你計算計算。」姥爺心情不錯。

吃完晚飯，做完作業，我照常聽姥爺講故事，非常離奇，我聽得津津有味。

姥爺看不到光亮，但是生理時鐘極有規律，天一黑，就停下了講解。然後他到床上坐下，一邊抽著長煙斗，一邊問道：

「遇到什麼怪事了，說說看。」

「嗯，有兩個怪事。」我整理了一下思路，「那個學校是建在亂墳崗上的，陰氣很重，黑氣把學校都罩住了。按理來說，這麼重的黑氣，那些老師同學在裏面待久了，應該身體都會垮才對，但是現在大家都還活得好好的，這和你以前教我的不一樣。」

姥爺點點頭，咂咂嘴道：

「這個事情嘛，肯定是有原因的，我約莫猜到是怎麼回事了。不過，我不想現在告訴你，看看你自己能不能悟出來是怎麼回事。以後啊，姥爺不能總陪著你，所以啊，很多時候，你要自己學會查究，學會計算，遇到怪事，要能夠看得明白才行。這就是給你留的作業，要弄清楚到底是怎麼回事。」

我知道姥爺這是在給我歷練的機會，連忙點頭答應了，接著又把劉小虎的事情說給姥爺聽。姥爺沉吟了半晌道：

「這個事情就確實有些奇了，如果那個水溝裏有水鬼勾魂的話，那麼劉小倩現在應該是已經接了水鬼的位置，應該是一個凶魂了。這樣的凶魂，對人的傷害極大，劉小虎要是和她接觸的話，絕對活不長，也不可能這麼健壯。所以，按照這個情況看來，劉小倩沒有變成水鬼，只是一個普通的遊魂，這就更奇怪了。如果她是普通遊魂的話，應該在墳墓那邊才對，不應該出現在學校那兒。而且遊魂根本不能在凡間待太久的，陰司會把她招領走的。所以，這個事情透著很深的古怪。」

水鬼和河神不同，河神是陰司封的正牌陰神，雖然也很凶，但是不到換班的時節，不會隨便傷人，但水鬼就不同了，水鬼是小河溝裏的凶煞，怨氣十足，沒有陰司職銜，完全是野鬼，也不受陰法約束，因此就對人有很大的危害，為了投胎轉世，他們會不擇手段地找替身。

「那有沒有可能是劉小倩太想她弟弟了，所以才來和他見面的？」我把自己的想法說了出來。

「嘿，大同啊，人鬼殊途，這是最起碼的法則，放到哪裡都是絕對適用的。人是陽，鬼是陰，陰陽相剋，人和鬼撞到一起，不是人剋鬼，就是鬼剋人，絕對沒有共存的道理。也就是說，劉小倩的陰魂每次和她弟弟見面，那也要冒著被剋殺的危險。所以啊，劉小倩絕對不會隨便和她弟弟見面的，除非她想魂飛魄散，徹底消失。」姥爺嘿嘿一笑，「不過，這個事情也並非是完全沒有眉目，我心裏倒是大概有了一點猜測，但是還不能確定。」

「姥爺，你想到什麼了？」我好奇地問道。

「嗯，反正我覺得這個事情，和你說的學校罩著黑氣的事情是有聯繫的，也就是說，這兩件事可能是一件事情。我應該和你說過，凡是黑氣遍佈的地方，都有一個凶煞眼位。想要祛除這種遍佈的黑氣，唯一的辦法就是把凶煞眼位挖掉。不然的話，就算把那些幽魂怨氣都收掉，過不了多久又會死灰復燃。這個世界上的陰魂怨氣無窮無盡，只要環境適宜，它們就會聚集起來的。」姥爺沉吟了一下點頭道，

「這個事情也不算壞事，來，大同，我給你一個東西，你帶著，以後說不定能用上。」

姥爺起身到裏屋的牆根底下摸索了一會兒，拎著一根約有一臂長、直徑兩寸的桐紅色棍子走了出來。

「你拿著，這個東西雖然沒有陽魂尺厲害，但是也比桃木小刀厲害，以後你要是再遇到什麼異常情況，就用這個東西。」姥爺把棍子塞到我的手裏。

我接過棍子試了一下，發現長短粗細非常趁手。木棍上還雕刻一些很玄奧的圖案，我就問道：「姥爺，這個是什麼？」

「虬龍桃木棍，你叫它打鬼棒就行了，收著吧。」姥爺悠悠地說。

姥爺又囑咐我，讓我繼續修煉心性，就去睡覺了。

我坐在床上，盤膝打坐。說來也怪，萬籟俱寂時，我竟然真的能夠感受到非常奇怪的感覺。我坐著坐著，就有些走神了，心裏不自覺地想到了劉小虎。

恍惚之中，我似乎看到劉小虎斜挎著一個書包，在樹林裏踟躕前行，天上有一輪又圓又大的月亮。他走進一片茂密的樹林之中，身影消失了，我想再跟上去，卻猛然發現有一股陰寒的黑氣突然從樹林裏湧了出來，劈頭蓋臉地向我衝過來，我嚇得一哆嗦，思緒中斷了，又回到了現實之中。

我有些心悸地喘了一口氣，停止打坐，擦擦額頭的冷汗，關了燈，在床上躺下來，準備睡覺。

我躺在床上，翻來覆去睡不著。我感到一種莫名其妙的空虛，好像失落了點什麼。我有些想家了，懷念姥爺那間小屋，覺得那裏才是真正的家，是最溫馨的地方。現在我住的地方，是臨時落腳的客房，我對它沒有感情，沒有親切感，這裏的一切都讓我感到陌生和抗拒。

夜晚山風料峭，從牆上的小窗戶吹進來，有些陰涼。今晚沒有月亮，外面是一片幽暗。我滿懷鄉愁地躺著，迷迷糊糊的，快要睡著的時候，耳邊傳來了一陣低沉的呼喝聲。

那個聲音聽在耳中，感覺很遠，但是又好像很近，我越是豎著耳朵想要聽清楚，就越是聽不清楚。我更加沒心情睡覺了，一氣之下，抄手拿起一隻手電筒，翻身下床，開門來到院子裏。

「呼——」院子先是一陣冷風迎面吹來，我打了個寒戰。我縮了縮脖子，打開手電筒，推開大門，對著四面照了照。

這麼一照，剛才一直在耳邊縈繞的那個低沉的呼聲居然消失了。我感到納悶，就沒有立刻回去。手電筒的光線很亮，又大又黃的光柱直直射出去，照亮了一大片。

我晃著手電筒，看著四周黑魆魆的樹叢和竹林，聽著山風吹拂樹葉和竹葉的沙沙響聲，沒有發現什麼異常之處。我心裏放鬆了一些，轉身準備回屋。

就在這時，一陣冷風突然從我背後吹來，我赫然看到一團白霧從山上飄了下來，一瞬間瀰漫在我的四周。我手裏的手電筒，居然閃了幾下就滅了！

我的眼前一片漆黑，適應了好一會兒之後，才勉強看到模糊的房屋影子。而這時，一陣整齊的腳步聲在背後響起。

「踏踏，一二一，踏踏，一二一——」

我驚慌地回頭，看到在濃重的迷霧之中，似乎有一隊穿著軍裝的人影，列隊踏步，從山前的小道上走下去了。

「大半夜的還訓練？」我知道山上駐紮有一些士兵，心裏也不害怕了，於是勾著腦袋向前走了走，想要看看他們在幹嘛。

就在我正要仔細看時，卻不想風一吹，霧氣一濃，那些人的身影一下子消失了。

咦？我就是再傻，也意識到情況不對了，不由得連忙轉身，撒腿就往回跑。我還沒跑兩步，突然腳下一絆，一個狗啃泥趴到了地上。

我趴倒之後，感覺身下好像壓著一團軟軟的東西，有些心驚膽戰地爬起來，一邊跳著往前跑，一邊下意識回頭看，看到地上躺著一個黑影。

敢情，剛才把我絆倒的，是一個人。這麼晚了，地上怎麼會躺著一個人？

我心裏感到萬分好奇，但是回頭去看時，發現四周的地面上居然橫七豎八地躺滿了人，姿勢很古怪，好像是被打死的，有的張牙舞爪，有的面朝地面，有的背靠半躺著。最恐怖的是，這些人影身上全都罩著濃重的黑氣。

見到這個狀況，我徹底傻眼了，平時跟姥爺學過的那些對付髒東西的招數，這時完全用不出來了。

我拼命地往前跑，想回到院子裏去，但是，此時四周的環境居然也發生了巨大的變化，不再是樹林茂密的山頭，而變成了一個霧氣瀰漫的荒亂土山坡。

我赫然看到一團黑墨一般的人形黑氣，正從土山坡底下一點點地爬上來。爬上來之後，又向我爬了過來。那個黑影還沒有靠近，森寒的氣息已經傳遞了過來。

我全身都陷入了冰寒的狀態，想跑都跑不了。我哆嗦著，拼命提氣，想讓四肢恢復一點知覺，卻是白費力氣，只能眼睜睜地看著黑影撲過來。

那個黑影一邊往我身前爬，一邊不停發出一陣陣令人毛骨悚然的低沉叫聲。我立刻認出了這個聲音。

沒錯，我剛才在屋子裏聽到的就是這個聲音！這東西到底是什麼？怎麼會出現在這裏？

我被這個黑森森的東西嚇得腦子短路了，雖然不知道它是什麼，我憑藉經驗也知道，如果讓這玩意兒撲到我身上的話，八成我這條小命就要完蛋了。可是，我又動不了，該怎麼辦呢？

「救命啊，姥爺，救命啊——」我唯一還能動的地方，就是嘴巴了，於是我倉皇地大叫起來。

我這一叫，沒把姥爺叫出來，卻也起到了作用。只見一道淡金色的光芒從山上一座小院上衝了出來，罩到了黑影身上。

被金光罩住之後，那個黑影號叫一聲，瞬間消失了。黑影消失之後，我猛然恢復了知覺，四下一看，發現我已經回到姥爺的小院子門口，四周景致依舊，樹木林立，竹林茂盛。

「大同，怎麼了？」我看到姥爺拄著一根拐杖呼喊著我，從院子大門裏走了出來。

我跑上去，把剛才的經歷和姥爺說了。姥爺沉吟著點了點頭，咂咂嘴道：

「果然是個很凶的黑煞，大同，以後你小心一點，晚上別往外面亂跑，我們這房子正好處在黑白交界處，一不小心就有可能被衝撞到。」

我答應了，扶著姥爺往回走，好奇地問道：「剛才那道金光是什麼？」

「嗯，明天你自己去那邊看看不就知道了麼？姥爺看不到了，不能事事都說明白。」姥爺拍了拍我的手，又給我留了一個謎題。

長青路一五七號

我有些好奇地問老大爺道：「那長青路一五七號在哪兒？」
「還有這個地方？」老大爺愣了一下，
「長青路兩邊不是荒山就是墓地，根本沒有人住，
你說的會不會是長青路公墓一五七號？」

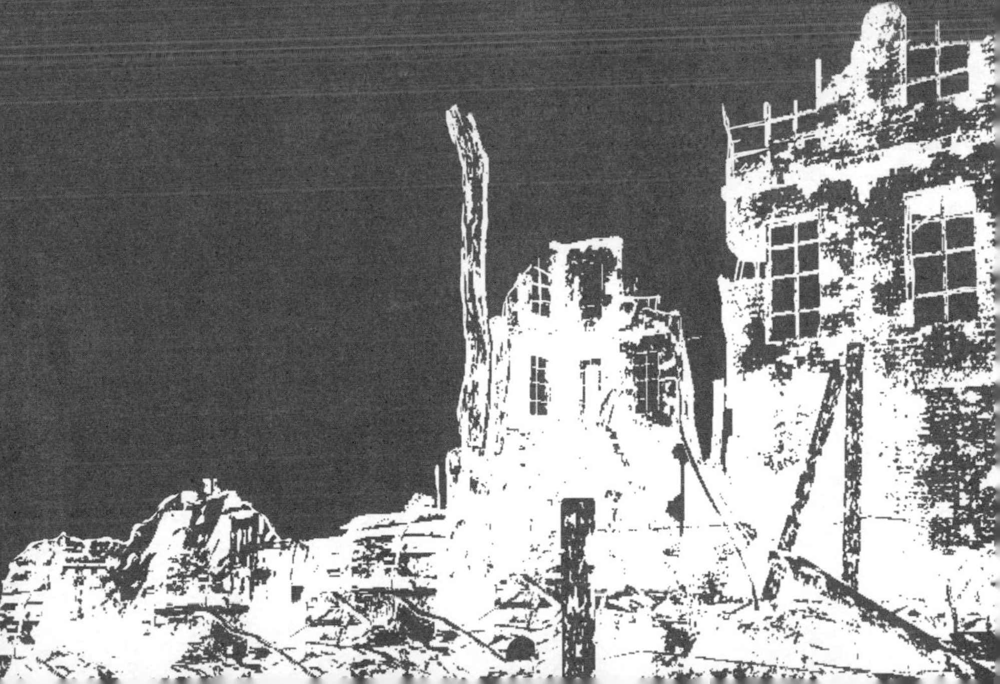

天亮了，我很早就起床了，趕在吃早飯之前，特地跑去昨晚那金光出現的山頭上看了一下。

那個山頭在我和姥爺住著的小院上方大約一百米處，掩映在一片竹林之中的，環境很幽靜，聽說裏面住的是一位退休的軍人，小院裏有衛兵，還有醫生和護士長期照顧他。

我和姥爺剛來這裏沒多久，所以和周圍的鄰居還不是很熟悉，我也不認識那個院子裏的人。

早晨山風清涼，太陽沒有升起來，還有薄薄的霧氣。我沿著山路，一路來到那個小院的門口，首先就看到院子門口立著一尊石頭雕像。

雕像的底座是青色大石頭，有一大塊平臺可以當凳子坐，一位白髮蒼蒼、穿著舊軍裝的老人，正坐在石頭上，仰首望著雕像，手裏拿著抹布，正在細心地擦拭上面的灰塵。

老人擦了一會兒，站起身來，我這才發現，他的身材很高大，雖然年紀很大了，但身板還是很硬朗，那種常年軍旅生涯所養成的特有堅韌氣質顯露無餘，讓我不禁肅然起敬。

老人看到我，有些疑惑地努了努嘴，對我一招手，笑道：

「小鬼，過爺爺這邊來，你是哪家的孩子？」

我跑過去，指了指山下姥爺的院子對他說：「我和姥爺住在那裏。」

「噢，就是前天搬來的那爺孫倆吧？」老人恍然一笑，上下打量我，點了點頭，有些感嘆地說：

「嗯，小鬼杆子不錯，要是當兵的話，是個好兵。」

老人彎腰慈祥地笑著問我道：

「小鬼，幫爺爺一個忙，可以嗎？」

「嗯，好，你說。」我見老人很親切，而且他有一種很強的氣場，讓人與他接觸之後，自然而然地會服從他，於是就對他點了點頭。

老人更加開心了，就把手裏的抹布遞給我，然後指了指雕像，說道：

「小鬼，去，幫我把上面的灰塵擦一下，怎麼樣，能爬上去麼？」

「能。」雕像雖然挺高的，但是我爬上去還是蠻輕鬆的。

我拿著抹布，三兩下就爬到了雕像肩上，然後騎在肩膀上，拿著抹布，把雕像的手和頭部仔細地擦拭起來。

老人背著手站著，笑吟吟地看著我，滿臉慈祥，感嘆道：

「哎呀呀，看來我是真的老啦，想當年啊，爬雪山過草地，什麼山頭我上不去啊。現在啊，咳咳，不行啦，不行啦。」

老人的話我不是很聽得明白，就沒有接他的話。

這時候，小院大門「吱呀」一聲開了，一個穿著軍裝的人打著哈欠伸著懶腰，從裏面走了出來。

這個人人概二十多歲，國字臉，身子有點胖，頭髮半寸長，腮幫子肥肥的。他打完哈欠睜開眼睛，抬頭一看，發現我正騎在雕像上，不由得一驚，一指我，大聲道：

「小子，你幹什麼？還不快下來，看我不揍死你！你給我下來！」

他說著，彎腰從地上撿了一根細細的竹子，就衝上來趕我。我一緊張，翻身直接從雕像上跳了下來。

「你還跑，我看你往哪裡跑！」

「小張，你幹什麼?!」老人出聲叫住了他。

剛才，這個人拿竹子趕我的時候，老人正站在雕像的正面，這個人沒看到他。

「啊，啊，首長早！」

小張沒想到老人在，嚇得一個激靈，連忙一咧嘴，扔了竹竿，立正站好，敬了一個軍禮。

「披衣散扣，你這班長的素養到哪裡去了？還不快回去整理一下。」老人背著手，虎著臉訓了小張一通。

小張被老人家說得有些尷尬，連忙低頭，但是隨即看到我躲在老人身後，於是就指著我說道：「首長，這小孩太皮了，剛才他都爬到雕像上去了，您老看到沒？」

「看到了，那是我讓他上去的，我擦不到，讓他幫忙的，你還不快道歉？」老人繼續虎著臉說道。

小張一聽這話，立馬愣住了，滿臉尷尬地嘟囔著對我說了一聲「對不起」，然後灰溜溜地逃回院子裏去了。

「嘿嘿，小鬼，這是我手下的勤務兵，有些莽撞，爺爺替他給你道歉了。」小張走後，老人家很和藹地彎腰對我說道。

「沒關係，他沒有打到我。」我把抹布還給了老人，對他說我要上學去了，有空再來找他玩。

「好好，有空就來找爺爺玩，要是這兒找不著，你直接進院子，就說盧爺爺讓你來的，他們不敢攔你的。」

老人和我道了別，一直站在院門口目送我離開。

向山下走的時候，我想起了昨晚那道金光，於是就站在半山腰的臺階上，瞇著眼睛向山上望去，這麼仔細一看，立刻發現，原來山頭上幾乎每棟閃著淡金色光芒的院子前面，都有一尊雕像。而那與黑氣對抗的淡金色光芒，正是來自於這些雕像。

我心中頓時恍然大悟，這些罡氣可以對付陰邪。這麼看來，山上的黑煞之所以一直沒能幹出什麼壞事，也是因為這些雕像的克制作用。

我不禁聯想到學校裏的情況，再次恍然，因為，在學校裏每個教室的後牆上都貼著一些名人像。我大概想通了，有些激動地騎著車子快速地往學校趕，想驗證一下我的推斷。

我到學校時，太陽已經升起老高了，金色的陽光曬得地面滾燙。我站在學校門口，撅著屁股，彎腰瞇眼看了老半天，也沒有能把學校裏的情況看清楚。一來是人太多了，每個人都有自己的氣場，不利於我的觀察，二來是因為那些名人像都是掛在房間裏的，所以，罡氣與黑氣對抗的景象也不是很明顯。我只好暫時放棄了觀察，走進教室準備上課。

劉小虎已經來了，一臉平靜，沒有任何異常。我心裏猶豫著要不要直接問他到底是怎麼回事，但是又覺得這樣可能會引起他的反感，於是就準備以後再慢慢套他的話。

我和劉小虎一起吃午飯的當口，我裝作很隨意地問道：

「聽說，你還有一個姐姐，對麼？」

「啊？」劉小虎愣了一下，神情有些慌亂，但是很快恢復了鎮定，滿臉不以為然地笑道：

「你怎麼連我有姐姐的事情都知道了？你在背後打聽我的事情了？」

「沒有，聽別人說的。」我心裏就尋思著王大貓跟我說的話是不是瞎編的，為了保險起見，我又追問了一句：「你姐姐現在在哪裡？」

劉小虎又愣了一下，嘿嘿一笑道：「我姐姐住在長青路一五七號，你要去看她麼？」

我見劉小虎說出了具體地址，有些尷尬，知道他已經生氣了，於是不好意思地笑了一下：「我只是隨便問問，你別生氣嘛。」

「沒事，呵呵，我早就習慣了。」劉小虎淡淡一笑，接著皺眉看著我問道：「是不是王大貓那些人和你說的？」

「嗯，算是吧，怎麼了？」我問道。

「王大貓的老爸是包工頭，專門攬活的，但是老是偷工減料，我爸就不把工程給他們做，所以王大貓記恨我，但是他不敢明目張膽地為難我，就經常在背後造謠說我的壞話，他是不是和你說，學校後面溝裏淹死的人是我姐姐？」劉小虎看著我，臉上的神情很是不屑。

我見他都知道了，也爽快地把王大貓和我說的事情全都說了出來。

劉小虎冷笑了一下，聳了聳肩道：

「真是會瞎編，聽著跟真的一樣，但都是瞎扯的鬼話。如果你不信的話，去問問班裏其他人，看看他們怎麼說，保證和王大貓說的不一樣。」

「哦。」我對劉小虎點了點頭，最終還是選擇了相信他。畢竟，劉小虎是我的朋友，而王大貓只是一個小混混，小混混的話自然是不可信的。

「那，你旁邊空著的位子，確實是因為別人害怕被你打，所以才不敢坐的，對麼？」

「那是當然，不然你還以為那兒真有我姐姐坐著啊？這你也信，哈哈哈……」

劉小虎齜牙笑著，完全沒有為姐姐悲傷的樣子。

我見到他這個樣子，也就完全相信了，不再糾纏這個話題，和他一起回到教室裏睡午覺。

下午放學之後，今天輪到我值日，劉小虎和我不是一個值日小組的，和我打了聲招呼就走了。

我拿起掃帚，很仔細地掃著地。班級裏留下來值日的同學，一共有五個人。讓我感到奇怪的是，其他四個人掃地的時候，一直都是待在一起的，獨獨離我很遠。

「喂，你們怎麼說話都不帶我？」我覺得落單了，於是揚揚掃帚，主動找他們說話，有些討好他們的意思。

「你，別過來！」

讓我沒有想到的是，那四個同學見到我向他們走過去，居然都嚇得面色大變，一邊往後退，一邊讓我停下。

「怎麼了？」我看到他們那種驚恐的樣子，滿心疑惑。

「不，不是的，呵呵，方曉，我們幾個人有話要說，不能被別人聽到，所以，你別過來了，你掃完你那一排，就可以回家了，倒垃圾的事情，我們來就行了。」小組長是一個胖丫頭，滿臉堆笑對我說了一些敷衍的話。

我怎麼會聽不出來她在扯謊？我心裏更疑惑了，又有些憋悶，於是一甩掃帚，坐到旁邊的課桌上，挑釁地看著他們，問道：

「是不是因為我坐在劉小虎旁邊，所以你們不敢跟我說話？」

「啊，啊？不，不是，我們真的有事。」胖丫頭心理素質還蠻好，被我戳穿了謊話，還是繼續應付著。

「好吧。」我見這幾個傢伙沒一個乾脆人，也不想和他們浪費時間，就問道，「我聽說學校後面的水溝裏淹死過一個人，而且那個人還是劉小虎的姐姐，是真的嗎？」我盯著小胖妞，等著她的回答。

「方曉，你，你別問我們，我們不知道。」那小胖妞被我的話問得戰戰兢兢的，扁著嘴，差點就要哭了。

「你們到底怎麼了？能不能告訴我是怎麼回事？你們是不是因為劉小虎說他姐姐在我那個位子上坐著，以為我和他姐姐一樣是鬼魂啊？」我有些怒了，把那四個傢伙堵在牆角，兇神惡煞地對他們大吼起來。

「哇——」四個同學被我這麼　吼，一下子都大哭起來，一起捂著頭蹲在地上，拼命搖頭道：「我不知道，我不知道，不要問我，不要問我，你去問劉小虎吧，他不讓我們說。」

「嗯？」我心裏一沉，立刻意識到了一個非常嚴重的問題，於是一伸手拉住那個小胖妞，問道：

「你們幹嘛這麼怕他？他不讓你們說，你們就不敢說了？難道他真的可以看到鬼？」

「嗚嗚嗚，他可以和鬼說話，誰要是惹了他，他晚上就讓鬼去那個人的家嚇唬人，他原來的同桌，就是被他嚇得轉學的。」小胖妞哭哭啼啼地說道。

「原來是這樣。」我總算明白了，但還是想不明白為什麼劉小虎願意讓我坐在他的旁邊。

突然，我靈光一閃，想起了一個事情，就問他們：

「你們知道長青路一五七號在哪裡麼？」

「這個我真不知道。」小胖妞搖搖頭，擦著眼淚，很委屈地說道。

我轉向其他三個同學，他們也在搖頭，只有一個最瘦小的孩子，有些結結巴巴地說道：

「長青路，我，我沒聽過，不過，鎮子西南邊，好像有個長青山，上面有條路，是不是長青路？」

「長青山？在哪兒？」我問道。

「就從學校出去，往西南拐，你騎車子的話，大概十幾分鐘就到了，那個山不大，就在鎮子邊上。」

「嗯，好，行吧。」我點了點頭，看到四個人都嚇得渾身哆嗦，就有些不耐煩地對他們揮揮手道：「算啦，算啦，你們都先回家吧，衛生我來搞。」

四個同學如蒙大赦，哪裡還敢停留？一下子就集體消失了。

我一個人拿著掃帚把教室打掃了一遍。等我把地掃完，垃圾倒掉，又在教室地上灑了水，鎖上教室大門，準備離開的時候，天已經濛濛黑了。

校園裏這時已經沒有人了，教學樓裏尤其安靜，校園裏的路燈還沒有亮起來。

我背著書包，走出教學樓，轉身站在樓前，瞇著眼睛四下看去，看到了一個極為壯觀的場面。

我看到校園裏飄蕩著絲絲黑氣，而每一間教室裏都閃耀著一層淡淡的金光，我知道那是教室後牆上掛著的名人像的罡氣之光。就是這些金光剋制了黑氣，才使得老師和同學們一直都身體健康，沒有出什麼問題。

我看完教學樓之後，回頭又四下看了看，不經意間看到了一個金光閃耀的地方。那正是在校園牆角上的廁所，此時光芒四射的，陽剛之氣十足，簡直有些晃眼。

我不由得有些疑惑，但是轉念一想，立刻就明白是怎麼回事了。那個廁所裏都是同學們撒的尿，可都是純正的童子尿，長期浸染下來，廁所裏自然就陽氣鼎盛了。

看清這些情況之後，我心裏輕鬆了，取了自行車，開始往家裏趕。

我騎著車子穿過了「十里如煙」柳樹道，來到一個岔路口，本來應該向右轉上山回家的，但是記起那個同學說的事情，暗想這條岔路不正好是往西南方向嗎？沿這條路往前走應該就是長青山了吧？

由於心裏很好奇，我就沒有回家，沿著左邊那條岔路往下騎，想看看長青山是什麼樣子的，到底有沒有長青路。

騎了沒多久，我就來到一座饅頭狀的大青山下了。山下有一個樹林茂密的公園，夜色下有些陰森，但是公園前面的廣場上，有好幾個老人在扇著扇子聊天，一臉悠閒的樣子。

我就過去問他們，知不知道長青路在哪兒。那幾個老人見到我這麼問，都有些疑惑，但還是給我指了指方向，說道：

「小娃子，天快黑了，要趕路就快點兒，那條路可不短啊。」

「哦。」我應了一聲，溜著山邊，一邊往前騎，一邊觀察四周的環境，發現樹林越來越茂密，氣氛越來越陰森，不由得起了疑惑。再往前騎了大約兩三百米，路兩邊的樹林稀疏起來，天空豁然開朗。

我有些欣喜，加快速度往前騎去，終於衝出了那段樹木茂密的陰森道路，進入了一段敞亮的大道。

可是，當我進入那段敞亮的大道之後，扭頭向四下看去，卻發現路兩邊居然都是一排排修葺得很整齊的墳墓！

天入夜了，灰濛濛一片。

見到這一大片墓地，我愣了，兩條腿不禁一哆嗦，車子一歪，「叮噹叮噹」一通亂響，我晃蕩著連人帶車倒在路上，腦袋磕到了一塊墓碑上。

「誰啊?!」

一道淡黃色的光芒突然亮起，墓地入口處的一棟小房子裏突然亮起了燈，一個老大爺拿著手電筒對著我照，有些緊張地朝我跑過來，一邊幫我扶起車子，一邊有些生氣地聲音沙啞地問我：

「你這小娃娃，怎麼跑到這裏來了？知道這裏是什麼地方嗎？」

我摸著撞得生疼的腦袋，從地上站起來，拍了拍身上的泥土，抬頭看看老大爺，只見他穿著一身灰黑色中山裝，雖然衣服很破舊，但是很整齊。我知道他應該是看守墓地的，就對他說我迷路了，不知道怎麼就走到這裏了，然後就問他，從這裏再往前走，穿過墓地，是什麼地方？

「還要往前走？你知道前面是什麼地方嗎？」老大爺拿手電筒照著我，滿臉驚疑地說道：

「這兒再往前就沒有大路了，只有一條上山的小路，山上都是亂墳崗，你上去幹什麼？」

我心說剛才公園前面那個幾個老人家不是告訴我長青路就在這邊嗎？難道他們是故意騙我的？讓我往墓地裏鑽的？

我於是就問老大爺，長青路怎麼走？

老大爺愣了一下，接著有些釋然地笑了一下，說道：

「原來你要走的是長青路啊，怪不得會走錯。告訴你吧，你從這兒原路返回，走一里地左右，右邊有個小岔道，沿著岔道往下走，就是長青路。長青路也是繞著這塊墓地的，這塊墓地也算是在長青路上的，咱們這個公墓就叫長青路公墓。小娃子，天晚了，趕緊回家去吧，別在這兒待著了，這裏晚上不乾淨，你待久了不好。」

我滿心感動，一邊推著車子準備離開，一邊有些好奇地問老大爺道：「那長青路一五七號在哪兒？」

「還有這個地方？」老大爺愣了一下，「長青路兩邊不是荒山就是墓地，根本沒有人住，你說的會不會是長青路公墓一五七號？小娃子，你不會是來看你的親人的吧？你一個人來的？」

「啊？是，是啊。」我反應過來，大概理解了老大爺的意思，就點了點頭，「那一五七號墓怎麼走？」

「這個很好找。你看，從這邊開始，第二排，就是一百五十號，一二三四五六七，那個，看到沒，那個白色的小墓碑就是你要找的了，我帶你過去吧。」老大爺很熱心。

我們一起走到白色小墓碑前，老大爺拿手電筒對著墓碑照了一下，咂咂嘴道：「劉小倩，是個小女娃啊，和你是什麼關係？小娃娃，你要找的是這個麼？」老大爺疑惑地低頭問我。

我有些愣了，因為，這個時候，我已經完全確定了，學校後面水溝裏淹死的人，就是劉小虎的姐姐劉小倩。王大貓沒有說謊，說謊的人是劉小虎。

可是，劉小虎為什麼要騙我？

我心中充滿了疑問，不自覺地向前走了走，借著手電筒的光線，看著墓碑上的文字和照片。文字我基本看不懂，但是照片卻看得很清楚。

照片是黑白的，只有兩寸大，上面是一個戴著寬邊太陽帽的小女孩。女孩一手捏著帽檐，一手搭在肩上，側眼看著鏡頭，很自然地笑著，很陽光可愛的樣子。

我仔細看著女孩的眉眼，依稀找到了與劉小虎相像之處，果然是親姐弟。

「小娃子，你怎麼了？」老大爺有些不安，催促我趕緊走。

我沒有說話，回到路上，推著車子就準備離開。老大爺有些擔心我，把手電筒借給了我。

我把手電筒卡在車子前方，就這麼悶著頭穿山越嶺，趕回了療養院。

請續看《我抓鬼的日子》之三 魑魅魍魎

我抓鬼的日子 之二 校園魅影

作者：君子無醉
發行人：陳曉林
出版所：風雲時代出版股份有限公司
地址：105台北市民生東路五段178號7樓之3
風雲書網：http://www.eastbooks.com.tw
官方部落格：http://eastbooks.pixnet.net/blog
Facebook：http://www.facebook.com/h7560949
信箱：h7560949@ms15.hinet.net
郵撥帳號：12043291
服務專線：(02)27560949
傳真專線：(02)27653799
執行主編：朱墨菲
美術編輯：許惠芳

法律顧問：永然法律事務所 李永然律師
　　　　　北辰著作權事務所 蕭雄淋律師

版權授權：蔡雷平
初版日期：2014年12月
初版二刷：2014年12月20日
ISBN：978-986-352-064-1

總 經 銷：成信文化事業股份有限公司
地　　址：新北市新店區中正路四維巷二弄2號4樓
電　　話：(02)2219-2080

行政院新聞局局版台業字第3595號 營利事業統一編號22759935

定價：280元　特價：199元

國家圖書館出版品預行編目資料

我抓鬼的日子 ／ 君子無醉 著. -- 初版-- 臺北市：風雲時代，
2014.6 -- 冊；公分

ISBN 978-986-352-064-1（第2冊；平裝）

857.7　　103013689